詩と記憶
ドゥルス・グリューンバイン詩文集

縄田雄二 編訳
磯崎康太郎・安川晴基 訳

思潮社

詩と記憶——ドゥルス・グリューンバイン詩文集

思潮社

序

縄田雄二

文字が生まれ、保存に堪える媒体（粘土、石、紙など）にそれが記されると、一部はほろびずにのこる。そのさらに一部は、のちの世のひとびとの読む所となる。読む行為は、記憶された過去を現在に呼び覚ます行為にほかならない。呼び覚まされた過去は、現在に対し、例えば理想の古代として、さまざまな作用を及ぼす。長らく読まれず埋もれている文字も、いつか読まれるかも知れぬ以上、記憶された過去の一部だ。文化は、程度の差こそあれ、過去を記憶し、記憶された過去を呼び覚ます営みである。そのような記憶をいま、ヤン・アスマンとアライダ・アスマン(1)を参照しつつ、文化的記憶と称そう。

記憶の媒体は文字とは限らない。例えば絵でもよい。しかし文字は、むかしを記憶するための、あるいはむかしの記憶について考察するための、卓越した媒体であり続けてきた。文字あるところ、文化的記憶は蓄積され、手入れされる。文人はしばしば、文化的記憶のすぐれた担い手となる。

中国がいい例だ。中国諸王朝の支配原理であった儒学は、文化的記憶をこととし、文化的記憶により機能した。五経に記録された古代は、庶幾すべき聖代とされた。その五経を孔子が編集したという伝説は、文化的記憶を守り、尊ぶ姿勢自体を聖化した。

文字が文化的記憶の中心であり続けるとき、文献学が記憶の様態のひとつとして育つ。顧炎武らが導き手となって、清朝に栄えた考証学がそれである。対象は儒の経典以外に広く及んだ。乾隆帝の命で紀昀らが数万巻を校訂、七つの正本を手書きで作成した四庫全書こそは、中国の文化的記憶のその時点での集大成であった(2)。

超域語《リングア・フランカ》としての漢文が四庫全書のために高貴な筆で書写されていたころ、中国でも日本でも欧州でも、出版文化の興隆が自国語《ヴァナキュラ》(中国語の白話、日本語、ドイツ語等)の地位をますます上げていた(3)。このような条件下でこそ、日本語文化の文化的記憶の学としての国学、すなわち上代を慕う日本語文献学としての古学、また古学により尚古の宗教として生まれ変わった神道の発展も有り得たのであろう(4)。

ヨーロッパにも古くから文字があり、書籍があり、それらを重んずる風が築かれた。ユダヤの民にとっての聖なる古代を記録した旧約聖書、イエス・キリストの聖なる言動を後代にのこした新訳聖書は常にその中心にあった。中世にキリスト教の影に隠れがちであったギリシャ・ラテンの古典は、ルネサンス期に人文主義があらためて見出した。人文主義の核心には文献学がある。

聖書やギリシャ・ラテンの古典を校訂した人文主義は、ヨーロッパの文化的記憶を更新する運動にほかならなかった。それを後押ししたのは、紙という手軽で持ちもよい筆記媒体が中国からヨーロッパに伝わった事情であろう。ペトラルカは、そのような人文主義を先導したひとりであった。

一九六二年にドレスデンに生まれたドゥルス・グリューンバインは、われこそはヨーロッパの文化的記憶を現代に担うと自負する詩人である。グリューンバインが連なるのは人文主義の伝統だ。彼は現代のペトラルカを自任するかに見える。ペトラルカがキケロに手紙を書いた[5]如く、彼はセネカに宛てて詩をしたためる。古代文化を憧憬してアヴィニョンからローマへと赴いたペトラルカ[6]のように、グリューンバインは、学生時代から長らく住んだベルリンに拠点を残しつつもローマへと移り住んだ。東西ヨーロッパが結び合ったベルリンは、彼にとってヨーロッパの中心であった。いま彼にとっての欧州の核心はローマにある。ヨーロッパの文化的記憶を象徴する都だからだ。

記憶に関わるグリューンバインの仕事はしかし、人文主義の再生にとどまらない。歴史を詩に留めること、漢語で言えば詩史を書くこともまた、彼の志だ。おのれの祖父母を登場させながら、彼は第二次世界大戦を加害者の側から、また被害者の側から照らす。また随筆では、文化的記憶について、とりわけ文化的記憶と詩の関係について、さまざまな考察をめぐらせる。

日本において、儒の伝統は久しく失われた。古学が生んだ国家神道は、第二次世界大戦を戦う日本を鼓舞し、敗戦とともに解体された。今日の日本において、文化的記憶はいかにあるべきか。大戦の記憶をいかにとどめるべきか。これらを考えるために、グリューンバインの記憶に関する詩文が参考となることを願う。

本書は数年前に私が計画した。収録する詩文は作者の要望をうかがいつつ私が選んだ。私の作業が遅れ、早くに訳稿やあとがきに代わる論考を提出してくれた共訳者や、質問に丁寧に答えてくれた詩人に、大変な迷惑をおかけした。お詫び申し上げる。

詩は私が訳し、それぞれの作に短い解説をつけた。これらの詩は、中央大学、東京大学における私の授業で取り上げ、私が学ぶことも多かった。感謝する。散文は磯崎康太郎氏、安川晴基氏が担当し、私が目を通した。散文の訳の美は訳者に、見いだされるかも知れぬ瑕疵は私に帰せられる。

本書はＪＳＰＳ科研費JA22520327, JA25370372の成果である。出版に際しGoethe-Institutの助成を得た。御礼申し上げる。

注

（1）Assmann, Jan: *Das kulturelle Gedächtnis. Schrift, Erinnerung und politische Identität in frühen Hochkulturen.* München（Beck）1997; Assmann, Jan: Das kulturelle Gedächtnis. In: *Kolloquien des Max Weber-Kollegs XV-XXIII*（2001), S. 9–27（ヤン・アスマン「文化的記憶」高橋慎也・山中奈穂美訳、「思

想」二〇一六年第三号、二九 - 四六頁）：アライダ・アスマン『想起の空間――文化的記憶の形態と変遷』（安川晴基訳、水声社、二〇〇七年）参照。最初に挙げたヤン・アスマンの本は、エジプト、イスラエル、ギリシャの三つの古代文明を文化的記憶の観点から比較している。これを手がかりとして、東アジアとヨーロッパの記憶文化の比較をこの序文では試みる。

（2）高橋智は中国における典籍の聚散の歴史を書いている（『書誌学のすすめ――中国の愛書文化に学ぶ』東方書店、二〇一〇年、一七五 - 二〇一頁）。世界史上稀な、文化的記憶の壮大な集成と破壊の繰り返しである。

（3）これらの地域における近世・近代の書籍市場の拡大については以下を参照。Nawata, Yûji: Simultaneität der Kulturen im Prozess der Bildung der Weltgesellschaft . In: Hamazaki, Keiko/ Ivanovic, Christine（Hg.）: *Simultaneität - Übersetzen*. Tübingen（Stauffenburg）2013, S. 169–185, hier S. 171f.

（4）古学の泰斗本居宣長の業績を国際的なメディア史のなかに置くといかに見えるかについては次を参照。Nawata, Yûji: Ostasien: China, Japan, Korea. In: Zymner, Rüdiger/ Hölter, Achim（Hg.）: *Handbuch Komparatistik. Theorien, Arbeitsfelder, Wissenspraxis*. Stuttgart/ Weimar（Metzler）2013, S. 75–80, hier S. 75f.

（5）ペトラルカ『ルネサンス書簡集』（近藤恒一編訳、岩波文庫、一九八九年）の一四二 - 一五五頁に二書簡を収録。

（6）前掲『ルネサンス書簡集』一〇〇 - 一〇三頁参照。

ドゥルス・グリューンバイン詩文集＊目次

装幀＝思潮社装幀室

詩と記憶

『最初の年――ベルリンの手記』より

四月七日

時折、私の思いは時間を遡ってポンペイへとさまよう。だが、ただ古代の波形文様を描きつつさまよい、再発見された古代を追憶するのではない。ポンペイの地は生の多種多様なモティーフの結節点だ。その結節は、長い象徴の鎖がいくつも絡み合ったものであり、その鎖はポンペイの地に思いを馳せることでのみ、いつかひょっとすると解けるかもしれない。その連鎖を辿りつつ、私の思いはポンペイへとさまようのである。奇妙なことに、この死者の町を訪れた日は、わが人生のもっとも生き生きとした時間に数えられる。一九九四年八月のこと、ある素晴らしい夏の日に、私は一日中独りで瓦礫の野を歩き回っていた。そこに誰かがいたとしても、私に話しかけることを私は許さなかっただろう。誰の案内も求めないほど、私はすべてを熟知していた。私が読んでいた専門書やメロドラマ風の小説によってではなく、自らの夢想、そしてあの大災害と同時代を生きた者たちとの語らいによってである。なぜなら、ポンペイの魅力は果てしなく遠い過去、すなわち壮大な古代ローマのどこかから来るものではなかった。それはむしろある高度な文明都市の真新しい、今しがた掘り起こされたばかりのように見える墓から直接来るものだった。この町の復活は、啓蒙主義によって、すなわち考古学や精神分析学という啓蒙主義の技術によってようやくもたらされたのである。こめかみにひんやりと流れ、未来を想起させたポンペイの風は、計器盤や現代の工事現場から吹いてきた風のようだった。

『アクロポリスでのある記憶障害』論におけるジークムント・フロイトほど、ポンペイを符牒とする、あの複雑な意識を正確に記述した者はいなかった。アテネの神殿の丘を訪れた後にフロイトが釈明した、頂でのいらだつような陶酔、世界の文化の中心での眩暈感の根にあったのは、ギリシアに夢中だった父親がいつもただ夢見ることしか許されなかった場所に、息子として本当に来てしまったという良心の呵責である(1)。いつかあるとき世界に心惹かれて狭い内輪から飛び出した者は誰でも、その感情を心得ている。結局のところ、私もまたその感情に見舞われたのだ——あの日、ポンペイで。

それからというもの、この原体験の上にはさまざまなことが堆積した。記憶の奥深く、大量の家庭のゴミの下に、火山灰の層の下に、積み重なった大小の日常生活の出来事の下に、この原体験は埋没している。だが、目を閉じれば十分である。考古学者が刷毛で刷いたかのように、昔の光景が再び姿を現すのだ。あたかも昨日のことであったかのように、岐路に立つヘカテとも言うべきアメリカ人の旅行者が、発掘作業場の入口でまたしても私に挨拶してくれるのである。この人は中年の女性で、風変わりな帽子、つまり扇風機の付いた野球帽が何よりも目を引いた。ブーンと鳴るその小型機器は、額の前の帽子のひさしに傾けて組み込まれており、頭頂部に据えられた太陽電池を電源とした。その女性ならば、扇風機を付けるのと同じように、翼の生えた靴を履いたり、アスクレピオスの杖を持ったり、パラス・アテネの兜をかぶったりできたかもしれない。彼女の外見は、そんな具合に完全に神話的だったのである。次なる記憶像は、あの有名な番犬を描いたモザイク画(「猛犬注意!」)であるが、これはすでに学童時代に歴史の教科書で見て感心したものだった。現場で原物を目にした今、少なからず驚くのは、それが事もあろうに「悲劇詩人の家」の玄関を飾っているということである。すると早くもまた私の長い影が先に立ち、私は住宅街の迷宮から、ポンペイの外れへといたる墓地通りへと誘い出される。「葬《ポンパ・》列《フネブラ》」。このひとつの魔法の言葉が、私の展望を開き、左右の墓碑や霊廟の列へと眼差しを解き放つ。またもや私は、新たに糸杉を植えた死者の杜を、いつ想像しても人気がない静かな並木道を、足元の敷石には、重い荷を積んだ車の車輪が残した深い溝を、見るのである。角石をはめ合わせた通りは、今日の写真に見られるようにではなく、ゲーテ時代の銅版画に描かれたように、脇に追いやられた姿で思い浮かぶ。

死者の町《ネクロポリス》と住宅団地がまじり合ったなかから生じた亡霊のような印象が消えがたい。死への崇拝と賑やかな大都市の生活が溶け合い、かくも穢れなき雰囲気につつまれて都会風の統一を見せている場所は、他のどこにもなかった。ポンペイの「地霊《ゲニウス・ロキ》」は、エレクトした陰茎を持ち、唇に卑猥な笑みを浮かべた愛想のいいカロンだった。彼の目の前で歩き回れば歩き回るほど、あのような墓地の静寂のなかでの幸福感が一層高まってきたのだ。無言のうちにこれまでの人生のすべてと和解しているように感じた。空っぽの窓穴がこけた頬のような、あちこちにぽつんぽつんと立っているたくさん壁の名残。発掘された家屋内のさまざまな坑から漂う土の香り。時代の深淵から生まれるこの吸引力。これらすべてがなんとも心地よく、落ち着かない心を空っぽにし、心は徐々に深い満足感で満たされた。呼吸を整えて、慎重にそちらに近づいた。壁の隙間にいる用心深いヤモリのように、訳もなく立ち止まることもあった。しかしうだるような暑さだけからしても、歩調をよく計算することになった。だがそれは凝固した膨大な量の時間のためでもあった。ここでの時間は、例えば液体のガラスのように、摑めそうでいてまったく透明だった。誰にも邪魔されないことが信じられなかった。こんな場所で、これだけ孤独になれることを誰が予見できただろうか。自分がもう死んでいるのにそれに気づいていなかったとしたら、どうだろうか。亡霊になることへの恐怖から、私はサンダルの音を舗道に聞こえるように響かせた。死んでいるのではないかと思わされたのは、発掘隊がたった今街路を掘り起こしたかのように、地面がいたるところできれいに掃かれていたためでもあった。時として腋の下の匂いを嗅ぎ、ここ何時間か自分の体の周りを漂っていた汗の匂いに、誰かが気づいたかどうか、密かに見回した。だが、注意しなくてはならないたった一人の目撃者は、学芸員、世界漫遊旅行者、青天の下の黄泉の国のベテランガイドというすべてを一身に備えた、プロペラ帽のあの女性だけだった。私は当初、この三様のヘカテに驚いたが、後には、その思いがけない出会いから秘密のゲームが生まれることとなった。私が一つの角で彼女を見失うとすぐに、三つ、四つ先の街路で突如としてふたたび彼女が、私の先に立って歩いているということに確信が持てたのだ。古い外壁をじっと眺め、目をサングラスで隠している彼女の姿は、遠くから見ると［ポップアーティストの］ジョージ・シーガルのあの石膏像の一体に似ていた。近くから初めて、扇風機の回転音を聞くことができた。この小型機器は、原動機として彼女を動かすことに役立っていると断言できただろう。一度目をそらすと、すぐに彼女はまたもや消えているのだった。

もっともよく覚えているものの一つは、実際の夢のシークエンスであり、これは「秘儀荘」に関係している。あのフレスコ画のことを回想すると、いつでもあの少女が私に歩み寄ってくる。なんとも恐ろしい光景から身を守るべく、ベールを掲げた厚かましくも内気な少女である。少女のオーラは、太古の外壁をめぐる空気の流れと一体化していた。彼女は、一番奥まった部屋のなかでも首筋に感じられた微風だった。つまり自分が死に迎えられるのは、それほど容易なことだった。違うのだ、死は灼熱のマグマ、岩塊の重圧ではなかった。訪問者が紋白蝶や山黄蝶の後をついて、廃墟になった町の迷宮を歩き回るとき、死は蝶々の羽を使って、訪問者に親しげに挨拶していたのだ。出来損ないのタナトスはあっという間に、まずはヒュプノス、次にプシュケへと姿を変えていた。秘儀のフリーズの前に立つと、時代が飛ぶように過ぎ去っていくのが感じられた。時代は、人類史としてどよめきながら記憶のなかを流れていった。これまで私の目に触れた絵画のなかで、一番刺激的であるといまだに思えるのは、この図像群の一場面だったに違いない。それはディオニソスがまだ非常に若い神として登場する逸話である。思い出してみよ。自分はそこで何を見たのか？　年からして生娘である一人の跪く少女が、そこに厄除けとしてそびえ立つ、巨大なファルスを露わにしている。その背後には、ユノの使者である復讐の女神ティシポネが、忍耐強く待っている。いかなる殺害に対し、ティシポネは復讐しなくてはならないのか。この精神的な推理劇には、加害者も犠牲者もなかった。ギリシア人の悲劇が物語るような犯罪はどこにもないし、兄弟姉妹の大殺戮や母親殺しについてもそうである。ここに描かれたのは近親相姦、秘密めいたオルギアやどの誕生も免れないトラウマなのだろうか。だがその象徴は、何もかもが多義的で、今からその謎を解くのは難しかった。示されたのは、さまざまな魔力のぶつかり合いであり、それは天の一分派に属する者たちのなかで具現されたものだった。絵のいくつかの章は、謎めいた儀式の経過を見せていたが、この儀式はおそらくエレウシスに起源を持ち、ただわずかなモティーフだけが消滅を免れてわれわれのもとに届いたのだ。その作品群は、語り手シェエラザードのように玉座から神話を見張る、ムーサの長カリオペの描写で終わる。これだけは素人でも分かったのだが、このフレスコ画ではわれわれ誰もが持つ無意識が表現されていた。おぼろげに気づいたのだが、この絵が説いたものは、ポンペイのジョットとも言うべき未詳の画家がその芸をふるって以来、基本的に変化を被ることはなかった。フロイトのおかげで、いまや多くのことが冷徹な光のもとに、すなわち現代の臨床的解明に晒された。だがそれでもなお、同じことが問題となっていた。たとえ別の形態をとったにせよ、残酷さが増していたにせよ、エロスとタナトスがいまだに横行していた。当時と同様に、男女の性的もつれは解決できないものだし、年齢と季節を経ていくのは誰も免れないものだった。もはや多産を旗印に演じられない場合でさえも、いまだに夢、誕生、破壊の劇が演じられた。死して生まれよ、、、、、、の法則を避けて通れる人はいなかった。死すべき運命の人間が存在する限り、誰もが肉体の欲望と知の二律背反に、気づいてみれば引きずり込まれていたのだ。その画に驚くべきものがあったとすれば、それはこうである。ディオニソス、年老いたシレノス、仮面を被った未知の男──その背後には、アポロの司祭であり、ディオニソスのインド旅行の道づれであるマロンがおそらくは隠れていたのだろう──を除けば、この秘儀の輪舞には女優しかいなかった。ここでは無意識の効果的な語り口を聞くことができた。そこで語り、身振りをしていたのは、すべて女性だった。形姿の織りなすこの輪舞のなかでは、どの主役級の女性もつねに数人でかたまっていたが、男性はせいぜいのところ秘儀の入門者として登場し、消極的な態度で静かな驚嘆から目をみはっていた。多数の女性司祭やその女性従者に囲まれたなかで、男性は強烈なメッセージのたんなる受け手へと縮んでいた。ここでは彼の魂は、その繊細な肌の杏のような色合い同様に少女めいて見えた。それは母たちとディオニソスの侍女たちが文字を書き込む一枚の紙だった。

最後の幻影はいつもくり返し蘇ってくるもので、もっとも至極なことだが、あの悪名たかい売春宿の一軒へと私を移動させるものである。いかがわしいポンペイへとやってくるバス旅行の団体客すべての本来の目的は、売春宿ではないか。古代の売春業より俗悪なものはかねてより存在しているのだが。今日の第三世界のスラム街における売春業の世界と比較すれば、ポンペイの売春宿はいまだにある共同体の秩序を示している。来客に衝撃を与えるのは、安い料金表ではなく、娼婦の分業（各々がある特殊な技を専門としていた）でもなく、ましてやここで出来高払いのなかで客が処理されていく速度などではない。心に重くのしかかってきたのは、むしろこの囚人房の暗闇、個室の狭さであり、これは拷問台にも等しい幅の狭いベッド一台がぴったり収まるだけの広さだった。外はギラギラした日差しなのに、室内といえば、二千年後にそこに入場するやいなや、迎えてくれるのは豚小屋の息苦しい空気だった。娼婦たちは、窓のない小部屋のなかで家畜のように取り扱われた。豚小屋に密接して共同便所が並んでいた。昼となく夜となく、屋台の料理の臭いのように、悪臭と歓喜の叫び声が通りに押し寄せていた。売春宿の入口には、手淫をするプリアポスが、そこで提供されるサービスの宣伝をしていた。忘れがたいのは、二本の巨大ペニスの運動イメージであった。それはあぐらをかいたモデルが見物人に向かって、大きく広げた陰唇を見せているポルノ雑誌にも比肩しうる、もっとも直接的かつ野蛮な扇情の仕方だった。

そんな場所からいかなる認識を持ち帰るのか。ポンペイの没落と復活から何を学べるのか。少なくとも以下のことだ。お前たちの望むようにせよ。楽しみ、騙し合い、貪り、売春し、研究し、ギャンブルし、商売し、祈り、陰謀を企てよ。だが、どうか残すのだ。語られるに値するだけの歴史だけは。後世のために何かせよ。そして自らの名を刻みつけるのだ。それが名作のなかだろうと、悪趣味な図像のなかだろうと構わない。偉大な始まりの神話に、いくつかの独創的な描写を付け加えよ。この意味では、口数の多い壁龕のキューピッドたちや、ひび割れた壁に描かれた漫画や、豪勢な秘儀荘におけるフレスコ画は注目に値する。売春宿のなぐり書き、邸宅における第四様式[2]の眩惑の壁布、都市宮殿や公衆浴場の豪奢な床のモザイク、アッボンダンツァ通り沿いの壁のグラフィティー、洗練された花や彫像で飾られた庭園のグラフィティー、これらすべてが合わさってこそ、消えてしまった都《みやこ》の世界が形成される。これこそ、ポンペイを思い出すなかでいまだ毎回私の脳裏をよぎることだった。いつの日か、もっと経験豊かになり、もっと落ち着いた姿で私はあそこに帰るだろう。人生の終わりへと大きく近づいたとき、そのすべてを私はもう一度見たい。もしかするとそのときは別の目で見るのかもしれぬが。

四月八日

二千年という距離を置いて、われわれの現代を振り返るとそれはどんな様子だろうか。何が保存され、何が受け継がれているだろうか。理由はよく分からないけれど、私が思い浮かべるのは、どれでもいいタバコの箱のレッテル、以下のたった一行である。

ニコチン　1.4mg

そのような奇妙なものを一つ一つ、未来の考古学者ならば、パズルのピースのようにつなぎ合わせることができるかもしれない。われわれが幸運に恵まれれば、それらが歴史的に多少は面白い、ある異質な文化の全体像へと接合されることになる。

火山と詩

■想起——ドレスデン

破局の日付は、その経緯は、どうでもいい。ある日その時がやって来た。火山は爆発し、その影に暮らしていた人々、慣れ親しんだ市場や仕事場、売春宿や家の庭にいて何も予感していなかった人々、ナポリ湾の町々に住まい日々の営みに勤しんでいた人々に襲いかかった。いくつものコムーネが丸ごと一瞬で埋まった。街路網は、市門から市門へと、次々に軽石の雨に呑まれていった。幾千もの人々が死の眠りにつき、焼け焦げて黒い人形になった。一つの都市世界がすっかり泥土の中に保存された。ポンペイ、スタビアエ、ヘルクラネウム。十七の世紀をけみして、最初の硬貨が再び日の目を見た。その硬貨と一緒にシンボルと歴史が……あるいは一本の塗油の小瓶、大理石盤に転がった一片の頬骨、それゆえに生活と美が。あちらでは、胸郭と胸郭が絡み合った一対の交接中の骸骨を発掘した。

それとともに愛、欲望を。こちらでは、墓列に縁取られた街道沿いに立つ、郊外の一軒のヴィラの中に、蔵書室を見つけた。そうして宗教、神話、哲学、文学も帰ってきた。一つ一つの物を火山は岩屑と溶岩の中に封印していた。今やそれらは現在に連れ戻された。神々の像と猥褻な落書き、密儀の場景を描いた壁面フリーズと安っぽい文句、遊戯盤とパピルスの巻物、そして、ガダラのフィロデームスとかいう人物の書いた『詩について』という本——古典古代の詩学の総まとめ——の断篇も。その中では、度重なる災害や自然の分解作用に損なわれることなく、幾節かにわたって、素材（ヒュポテシス）と言語の造形（レクシス）について、詩における調和と首尾一貫性について、そして、内容と技巧を超えたところにある一つの要因である作者について、昔ながらの教えが述べられている。「完璧な詩人は、完璧さに達するためには、聴衆に感銘を与えるだけではなく、彼らの役にも立ち、良き教えを垂れねばならない」。

ヘルクラネウムの灰の下には、書き記されたばかりのように真新しい、詩人の覚え書きがある。ギリシア＝ローマのヴァージョン。詩人は魂の導き手、詩行セラピスト、言葉と歌を操る奇跡の治癒者であることを求められるだけではない。彼の営みは、その上、楽しませ、喜ばせねばならない。それは教えかつ心を導かねばならない。この業界の最古の秘密がかいつまんで明かされる。すなわち、甘美と有用《ドゥルケ・エト・ウティレ》を混ぜ合わせる術を心得ている者だけが、全員の票を集めることができる、と。両者を一つに。ローマ人の最も有名な詩論《アルス・ポエティカ》、ある老いゆく諷刺・頌歌詩人の書簡は、その秘密をこの定式にまとめていた。ホラティウスの許へと戻る、なんと長く、石だらけの道だろう。

これが発端の状況だった。遠くまで威容を示しながらそびえ立つ火山、一つの風景の中心点、その名はヴェスヴィオ。幾世紀もの間、その山は黙し、幾世紀もの間、煙が立ちのぼる。笠松のように枝分かれした雲。麓には平野が町々や村々を抱いて広がる。時には人が住まい、時には埋もれ。建設者と発掘者の野、忍耐強い土地。灰雨と地震に、戦争と奴隷《スパルタクス》の反乱に幾度も見舞われる。そしてその住民の視線はいつもこの不気味な山に戻る。神話が、迷信深い幻影が、この山を包む。ポンペイの終わり以来、その地質学上の誕生以来、この火山は幾千もの光景に刻みこまれた。繰り返しこの火山は記述され、絵に描かれ、世界中で無意識の中に潜っていった。その円錐の頂が時の経るにつれ丸くなっていく一方で。

私はカンパニアの住人を想像してみる。あの山に視線をやりながら暮らしている住人を。すると自分が子どもの頃、ドレスデンの郊外である日、ある別の山を目にしたときの様子が思い浮かぶ。そのとき以来、私の想念はその山をめぐった。初めてその山を見たのは、市街に向かって走る路面電車の窓からだった。小菜園や枯れた林の彼方に見えた、途方もない、土色の集積。あの遠くにそびえていたもの、立ちこめる濃い煙雲の下、火山のように、広く平坦な頂をなして円錐状にそびえていたもの、それは巨大なゴミ山だった。この町が日ごとに排泄した、ありとあらゆる消化不能の残りかすが、最後に貯蔵される場所。長い間、私はその山をただ眺めるだけで、大人たちに根掘り葉掘り聞いては警告を、脅しの物語を傾聴しなければならなかった。それから私は仲間と探検を企てるようになった。遮断柵がいくらあっても、管理人がどんなにわめいても、私たちは最後にはてっぺんで再会することができた。てっぺんに立つと、ゴミ山は三十メートルの高さから、ロシア人が軍事演習場に使っていた砂地に向かって落ちこんでいた。この頂から街並みが見えた。そして搬入路が認められた。それらを通ってゴミが、別の溶岩が、ここまで運ばれてきた。谷々から逆流して。これが私の幼年時代の空間だった。禁断の地帯。くんくん嗅ぎ回りながら私たちはそこに侵入した。幸福感、冒険、まだ使えるがらくたを探し求めて。入り口では立て札が警告していた。「立入禁止――子供の引き起こした損害の賠償責任は親が負う」。だが私たちの好奇心のほうが強かった。そこにあるものすべてが私たちを引きつけた。燃えるタイヤ、使える粗大ゴミ、家々から吐き出されたもの、そして何よりも、甘ったるい腐敗の臭気。私たちの巡礼地は、名づけられることのなかったゴミ山だった。私たちの本能が向かったのは、大人たちが避けた場所、排除され、住居地から切り離された区域だった。そこでは都市の廃棄物が積み重なり、遠くまで威容を示しながら、人工のヴェスヴィオになっていた。初めのうち、私たちはその縁を当てもなく忍び歩いていた。ブルドーザーがならした山頂の平坦部では、ぬかるみに足を滑らせて悪態をついた。しかし間もなく鉱脈を探り当てた。まずは山と積まれたいかがわしいグラフ誌。破片の山の中には緑色の香水瓶が二、三本。匂いは失せて。一冊の炭化したアルバム。すると突然、中から写真がこぼれ落ちてきた。亡くなった人々の写真。革製の書類入れ。そしてのちには台紙にはめ込まれた昔の硬貨。あるいは鉄十字勲章。包帯用品もあった。そしていつだったか義足も。一箱の避妊具。そして「これは何だろう」という疑問は答えられずじまいだった。美、愛、欲望、まだこんなことは私たちを悩ませなかった。文学と哲学……本に出くわしたときは、きまって学校の読本だった。神話は言うに及ばない。大戦間に刊行された二、三の月刊誌は宝物だった。戦場版の灰色の詩選集。ヘルダーリンの詩集だったかもしれない。あるいはホラティウスの。珍妙な掘り出し物に過ぎなかった。片輪のオートバイのほうがどんな古典作家よりも大事だった。自転車のスポークに串刺しになった一匹の死んだネズミ。こちらのほうが壊れた額縁に入った静物画よりも重要だった。思春期の渇望と無意識の感じやすさの間を漂いながら、私たちは一日中、退屈していた。そこには一つの端緒が、最初の瞬間の詩論を予示する何らかのしるしがあったのだろうか。詩へと向かう、なんとも長い道のり。

今では私は、そこそこ大きな都市にはたいてい、それぞれのヴェスヴィオがあるのを知っている。現代の火山は、露天掘りの周りにそびえる巨大な廃物の堆積、ありとあらゆる種類の屑が山と積まれた最終貯蔵場、町々の手の届くところに堂々とそそり立つゴミ捨場だ。時々、これらの火山は逆襲に打って出ようと身構える。すると灰の雨が元来た住宅街に降りかかり、火山は毒や汚物を吐き出し、地下水は濁り、どの屋根にも降り積もった重荷が残る。地球の歴史という観点から見ると、まるで火山性の事象が変異したかのようだ。文明の蓄積が進むにつれ、今まさに逆転しているかのようだ。ポンペイにせよ、ゆっくりと廃棄物に包囲されて埋もれるほかのどの都市にせよ。幾世紀もの時間をかけて寄せ返すのは、埋没と再発見の、堆積と考古学的発掘の波だ。そのような満ち干を繰り返しながら、断続的に、芸術の歴史は流れる。そのリズムに統べられると詩論は「もつれた認識」になる。アクチュアリティとは、ホメロスの目の中をそよぐ風のことだ、とマチャドは言う。そして生とは、幻想で身を飾る腐敗にすぎない、とウンガレッティが補う。

最後にゴミ山に登ったのは十七歳のときだった。その山は、もうその頃には私の無意識にとっても、汚物、害虫、病、そして死の同義語になっていた。年代記の語るところによれば、数十年にわたり積み上げられてきた幾層ものゴミの下には、旧いドレスデンが横たわっていた。世界大戦で破壊されて。バロックのポンペイ。この北の町はずれで、人々はその瓦礫を積み重ね、巨大な卓状山地を築いていた。教会の倒壊した表玄関を、空っぽのバルコンに、爆撃で破壊された劇場の二階席を、焼けて黒くなった彫像の胴体に重ねて。そして、あたかも壮麗な瓦礫がのちのものすべてを招き寄せたかのように、爾来、すべてのゴミが家々からここまで運ばれてきた。ある滅亡した都市の塵芥の上に積まれて。

あの頃、私はメモを取り始めていた。短い、熱のこもった徒書き。詩のような体裁の、ごく内輪でしか見せられなかった代物。これに続けていつか何かしらの詩論を書くとしたら、それは幼年時代の掘り出し物から始めなければならないだろう。そしてホラティウスの言う文体作法《デコールム》に相当するのは次の両者だろう。つまり、一方では文明が吐き出すもの、そして他方では、最初の瞬間の数々、事物や身ぶり、情景や想念が、不意を襲われた生き物のごとく保存されているあの溶岩。というのも、長い間いわば火山に支えられてきたあの形式保存の法則は、現代では、断続的に吐き出される商品の圧力を受けて変わるのだから。何かが事物の流れから引き離され、冷え、気密状態で封印される。それは時代遅れになり、それが別れてきた現在には常に欠けている、まさにその時間を帯びる。閉じ込められていたものをこじ開けると、音は人工遺物に変わる。詩行はカプセルなのだ。中から思考像がこぼれ落ちる。のちにつるはしが、発掘人のはけが、ゴミを集める人のシャベルが突き当たるわずかのもの、それが詩を作る素材だ。

雨の降り果てたヨーロッパ

Ⅰ

失われた空間。想起……帰郷して
縋れる街が無い。
未来へ向かうこの夢はどこで終わるのか。
いつ。いつとはいつ。

生まれてはじめて見た河を
水の網目が住居ごとに配る。

冷えた暖房管のすみずみまで赤錆色の滴が結ぶ。
水音が耳に響き

むかしの街路の一覧を流し去る。
歩きそめた頃から
眠ってでも辿りつけたに違いない広場……
今やいずこも避難した。

†ドレスデンに生まれ育った市民の記憶は、建物、道、広場など具体的な場所と結びついていたが、その場所が破壊された。（訳者）

Ⅱ

古都ドレスデン。かつては宴の間。
いま暴《さら》す姿を目にすれば
そうと信じがたい誇大の噂。

ドイツ軍の報告書では追悼文。

昼のように明るかった一夜。
パイロットが壮麗な燐光のなかに見たのと
(飛来した目にはエルベ河沿いのラスベガス)
これが同じ谷間の街か。

ドレスデンは滅ぶべくとうに定められていた。
住む者はまだいる。しかし最後のかりそめの間借り人も街を忘却した。
復讐の女神《エリニエス》たちに都会の時間から
灰塵の時間へ逐われて。

†はなやかな古都が、焼夷弾に照らされ壮麗なすがたをさらしたあと、瓦礫と灰塵に帰した、その落差を詠ずる。(訳者)

III

都《みやこ》のはずれに葬られた都を
呼ぶ言葉は、届くのが遅すぎる。
ごみの山がのさばり、ドレスデンのヴェスヴィオ山が
松林の上で黒い煙を吐くあたり
大地はとうにその名を取り戻した。
灰の上、堅き断念の上に立てられた
或る巣《すみか》を他の巣から分かつものはもはや無い。

すべての昨日《きのう》が、バロック造りの露台と円蓋が、
瓦礫の山の下《した》、ゼロの下で、沈む。
天と平面図のあいだで都の残余が
谷間の灰色の雨露のために
時計のガラスのように内から曇らされ、くすむ。
そして殿《との》の行幸《みゆき》をささやく石の噂の中で

生きながらえる。南国《イタリア》のような空気を当地では
ポンペイの煙、あるいは最北の葡萄酒と称《とな》える。
しかし呼ぶ言葉は届くのが遅すぎる。

†ドレスデンを、ヴェスヴィオ火山の噴火で埋まったポンペイに喩える。（訳者）

Ⅳ

（幾歳も経て）河を見つめすぎて
われらの目は日ごとに涙した。エルベ河よ、ようこそ。
この黄褐色に澱んだ汁で
母が少《わか》いころは泳げたのだ。
当時は油が髪を光らすこともなかった。
同じ下卑た光は戦後の朝にも射した。
街のすがたは以前より少し痩せていた。
岸にすわる釣り人はまだ群れをなしたが

エルベの澗《たに》をゆく船はほとんど絶えていた。
大火を映す波を前に都《みやこ》が沈むとき
河とは何か。
死んだ魚のきらめく濁った天か。
七つの封印をした非常扉か。
開けた海が近いとの広告か。

†ドレスデンの象徴、エルベ河の変遷――清流、爆撃、汚染。（訳者）

V

夜陰に静まるドイツの街。
北から汽車で入るひとびと。
街燈ごとにあらたな疑問符を付し
文ごとにピリオドを打つ。――一体いくつの「何だ？」。

「フビライ・ハン後の上都は何如」
「鼠色に這う者どもは誰」

エルベ谷のイスラマバード……まぼろしのモスクが現れ
農奴に断食を呼び掛けた。
屠殺場の小閣から大庭園に至るまで。

だがすでに駅で最初の「駄目だ」を聞く。
そして麒麟の頸《くび》を見る。照明をかかげ
軽く傾きサッカー場のまわりに集る柱《うごなわ》を。

青き奇跡と称せられた橋が河上《かわかみ》にある。
その橋は何も説かない。密林と化した戦後の街で
使えそうな鋳鉄ではあったが。

はだかの岸を歩けば、茶色い、ずしりとしたバロックが

ばらばらにころがっていた。欲すれば
月の冴えたドレスデンにアンコール・ワットが見えた。

†ドレスデンに帰還したひとびとが、廃墟と化した街の様子を目の当たりにして愕然とするさまを、異国の人名、地名を散らしつつ描く。フビライ・ハンが即位した上都の幻想で始まるコウルリジの詩 "Kubla Khan" (平井正穂編『イギリス名詩選』岩波文庫、一九九〇年、一六二－一六九頁)を踏まえる。(訳者)

Ⅵ　わが祖母ドーラ・Wに

第一波の攻撃時に彼女は
猩紅熱で病院に伏していた。
警報が皆の目を覚ました。熱風のために
外の冬は暖かかった。夜は昼であった。
白い寝間着のお化けたち、
エルベの河原へはだしで逃げた。

――パニックだ。かまどの口から風が吹き出し
やがて雲という雲から喇叭が鳴った。

第二波で都《みやこ》は燃え
無声映画のなかに没した。
炎の壁を通って落ちる影も無く。
一方のはまった罠は他方の狙い。

二十世紀の一夜《ひとよ》を飛び出した航空機が飛び込んだのは
第二の石器時代。
地下墓室の数々で見つかったのは
パンのように焼かれた子、妻、夫。驚異の洞窟。

第三波で彼女は避難の列に加わり
覚悟を決め、弱った脚で
来世に歩み入った。泣きもせず。

涙は瓦礫の上ではまだ役に立ったのだが。

†―爆撃から祖母が避難するさま。（訳者）

Ⅶ

噫乎《ああ》、広島は第二候補でしかなかった。
初演はドレスデンのはずだった（と人は云う）。
いまの学童が誰しも描くあの爆弾が――

大茸《おおきのこ》が見せた名歌劇場の古式ながらの
世に名高き別れの身振りの初演は。
かがやく茸《たけ》が、砂岩造りの明色の宮殿の上で
バロック建築芸術の冠と発《ひら》けば
その見事さはいかばかり勝《まさ》ったことか。

伝説的幕切れの雲がこの都《みやこ》に立てば
いかなる様式美を見せたことか。そのまぼろしに打ち沈む。

†原子爆弾がドレスデンに落とされた光景を、歌劇に関わる表現を連ねつつ想い描く。（訳者）

Ⅷ

歯に着せた衣《きぬ》は裂いた。歴史よ——
塵埃《ちり》を巻き上げ、すべてを消し去る風は
まことに我を傷ましめるのか。
起きたことの名において

フェルメール（焼失）、バッハ（行方不明）を諦めるというが
諦めるに値したのか。
列車を全滅に向けて送り出したもろもろの都市が
三途の河《レーテ》の岸で残らず休閑地と化するに値したのか。

ここで地を耕すのは爆弾。農夫にはもはや
勝手が分からぬ。たんぽぽが生えて
壁面の模様の持続を奪う。
地上での破壊をもぐらが与り知ろうか。

†都市と文化遺産を滅ぼした戦争に距離を置く。(訳者)

IX

ドレスデン、残余の都《みやこ》……ここでは
天使たちが戦《いくさ》に留《と》め置かれ、飛び帰れずに待ち伏せをする。
砂岩と玄武岩に埋もれたのだ。
天使たちが火の中に逃げ込むのを最後に見たのは
曲芸する動物たち。計算できる馬や

ウイリアム・ブレイクの呼びかけた虎。
これらのひとつとて怪物とは言えぬ、
あの抜かり無い小僧ども、

低空飛行で人畜をさらう飛行士たちに較べれば。
彼らの芸には空中ぶらんこも
曲芸場の高みに張る網も要らぬ。
炭化した使徒たちが屋根の上で驚愕している。

†建物に彫られた天使や使徒が爆撃を食らったありさま。"Tyger! Tyger!"との呼びかけで始まるウィリアム・ブレイクの詩"The Tyger"（平井正穂編『イギリス名詩選』一四四－一四七頁）を踏まえる。（訳者）

X

「一秒後すでに彼女は何時間分か進んでいた」（プルースト『スワンへの途上』）

曇り眼鏡の前に粉雪の舞う街——
はじめて里帰りをしたときに、この街はこっそりと消えた。

あの晩の駅前広場のような静けさは
クリスマス・ソングでしか識らぬ。耳を赤くして
雪に立った乳色の顔、それが
軍から休暇を貰い禁足の解けた僕だった。
軍服では高くは跳ねられなかった。カンガルーにとって
零下の温度は我慢がならなかったが。

誰も迎えに来なかった。わが街なのに
遂によそ者。レースカーテンの向こうで営む生は
飽きたと誰もが言うまで続く茶番。
立見席からは大がかりなパントマイムと見えた。
指図され慣れた美女が路面電車で笑んでくれさえすれば
有頂天になったろうが
見せられたのは
放蕩息子が帰らずとも家庭が続くさまだった。

†グリューンバイン自身を想わせる人物がドレスデンに帰郷したものの、温かく迎えられず失望する。（訳者）

XI

マックスよ、真面目《エルンスト》な話だが
こんな街はいつまでだって夢みていられる。
涙せずとも色が溶けるのが見える。

無残に擦り切れた錦《にしき》の上の空では
天すら幼く振舞う。しかしそれがどうした。
布で仕立てた新たな日よけは、雨は通すまいが

歴史がまだほとんど織り込まれておらぬ。
何も起こらなかったかのように
黒と黄の紋章ばかりが布中《ぢゅう》に広がっているが。

ツェッペリン飛行船が浮かべば

エルベ河を見て愁えよと言うか。
百年経とうが誰もそこまですまい。

†第二次世界大戦末期、雨と降った爆弾でドレスデンが破壊されたありさまを歌う。題はマックス・エルンストの絵画「雨のあがったヨーロッパ（Europa nach dem Regen）」を踏まえる。（訳者）

一九九六年自八月至十月作詩

「歓喜の頌歌」

祖父はトラックでうるわしのパリに乗りこんだ。
世界大戦の輝かしい一日《ひとひ》に、占領者として。
隊の遠足で少尉から借りたツァイス製双眼鏡で
エッフェル塔をさやかに察《み》た。
Champs-Elysées《シャンゼリゼ》は発音できなかった。

制服に身を固めたものしずかな彼。プラタナスの陰で
あたたかな夏の風に吹かれた。浮かんだのはシラーの詩。
あらわな脚にかろやかに服を垂れた

楽園の娘みなにシャンパンを！
この日一日、世界は彼にとって美しかった。
Chanel《シャネル》だの Fleur de Lis《フラデリ》だのの文字を読んで何を想ったか
（ショウウインドウには運命の下着、絹のストッキング）。
カカオの広告と海の幸であふれた棚との間に隠れた
ピカソの描いたドゴン族のグロテスクな仮面を
画廊の奥に見たろうか。

五つ、六つとパスティスの杯を重ねて何を感じたか――
プロレタリアとして、ドイツ国防軍の誓いに隷従しつつ
よろめきながら、新たな欧州の結束からこっそり抜けて。
夢みたのか。エルンスト・ユンガー大尉が日記で遠征を
上品なペンクラブ会合として夢みたように。

紫苑をボタン穴や軍靴に挿しつつ

アーケードを抜け、公園に憩い
カフェに座れば給仕が身をこわばらせた。どこでも場違い。
流行りとは無縁、山高帽をかぶり、仕事もせず
飛びまわる蠅のように女たちのもとに通って、どんな心持ちだったろうか。

パリ入城の興奮は長くは続かなかった。
文字の世界に拒まれたはがきに、夕焼けで焦げたような
喪の黒枠を見たときまでであった。
傷痍兵のための大聖堂があって腹にこたえた。
街は信用ならなかった。

マンサード屋根はにび色。石膏にかたどられた鳩すら
侮辱された顔で建物正面の装飾を演じた。
現地市民には外出禁止令が出ている時間だが
街路が人であふれた真夜中すぎ——
縁石から風が冷たく彼に吹きつけた。

あのセーヌ河畔で、挨拶してくれる者も気にかけてくれる者もいなかった。

†第二次世界大戦でドイツ軍がパリを占領したとき、詩人の祖父も従軍していた。ベートーベンの第九交響曲の歌詞ともなったシラーの詩「歓喜に寄す」を口ずさんでその喜びをあらわすものの、パリ市民に疎まれるすがたで、その祖父を描く。(訳者)

鶉《ヴァハテル》

嗚呼《アッハ》、おばあちゃん、あんなに河近《かわ》くに住んで——
別れるたびごとに彼女は
おぼれる者が突然出すような力で私を引きよせた。
花模様の前掛けをつけた、あんなにちいさなおばあちゃんが。

すべてはあきれるほどはやく過ぎた。
薔薇のように育てられた歳月《としつき》、お勝手に立った歳月。
すばしこく、おしゃべりで、やさしかった。
息をひきとったとき、私ははるかかなたにいた。

この嗚呼《アッハ》もさまざまなため息と同じく、彼女のまわりでは
実に洗練されていた。周囲《まわり》とはいかなる周囲か。
札あそびのラミー会の御婦人がた、
水曜日の午後ごとの茶話会。

彼女はいつも「零時」を恥じた。
女として。彼女を求めてきたロシア人たちゆえに。
真夜中にふみこんできた。
こどもたちは幸い疎開していた。

いくさの最後のあの日々は
一生封印された。
箪笥の底の手紙の束か
新妻の肌色の下着のように。
家族にとっての秘密を五十年間守った。

ひとことも漏らさず。
病床についた最期の数週間に明かしたのだ。
シュレジア出《で》、旧姓ヴァハテルのおばあちゃんは。

鶉《ヴァハテル》、ゲーテの世には食用に供した鳥――
うちでは決して食卓に出さない、と聞かされた。
鶉たまごは珍味とほめそやされると
いまでもおりおり身がすくむ。

かけらの語、きれはしの音節が風に吹かれてくる。
はらむ意多きがゆえに、身にこたえる。
言語の保存則は普遍的……
昔ながらのドイツ家屋でもカザフスタンでも、同じ嗚呼《アッハ》。
あんなに河《かわ》近くに住んだおばあちゃん。
深い、生に飽いたため息がまだ聞こえる。

ふたつの短い笑いの間に、絹紙のように用心深くはさみこまれた
あの弱々しいため息が。

†ドレスデンでも、第二次世界大戦におけるドイツ降伏に前後して、多くの女性がソ連兵に暴行された。詩人の祖母もその一人だった。（訳者）

わがバベルの脳

I

詩とは？　いや、最初に或る対象や様式、独自の形象《イメージ》世界を獲得するのではない。声がおのれの道を拓くとまず、脳の光明、すなわち一人の人間の輝くばかりの特異体質と対峙することになる。その人間は事物を自分に見えるようにしか見ることができないし、事物のほうもこの特別な配列においてしかその人間を見ない。ソクラテスに憑いたたぐいの個人的なデーモンの恣意や絶対的命令が身にふりかかる。このデーモンは、つねに警告し、決して慰めとなることはなく、その影響を示すのは、息をしようと喘ぐように制御を求めるその喘いだ声のみである。いかなる執筆行為も、詳細な根拠は突き止められないが、場違いな一個人の過敏さや症状にのみ由来しうる。どれほど哲学説、政治的見解、技術的規格に接続を求めようとも、つねに前面に出てくるのはそうした症状なのである。読者が思いがけず直面するのは、なにか馬鹿げたもの、独り善がりの先入観、作者が外界に抵抗させようと架空の世界を探る際に手がかりとした、たいていはあまり愉快ではない一連の反応であり、詩ほどこの点が明確であるものは珍しい。詩は何かに還元できず、最終的には生理学的起源をもつ判じ絵であり、神経系、解剖学的構造、骨格に類するものだ。詩において語りは、その限界まで引き戻され、人類の生や自己体験についての逸話的要素は、直観へと転換される。なぜなら言葉は、肉体的な起源をもつからである。意識化された言葉だけが、記憶のない日常語をせきとめ、一度限りのもの、本源的知覚の個人的記述とのつながりを保つのである。詩において何よりもまず浮かびあがるのは、あらゆる説得術を駆使して外へ出ようとする、包囲された主体の恐怖である。詩の美しさは、混乱、不足、頑迷として、ひょっとすると邪悪に、ほぼいつでも過敏に表れる感性として始まり、最大限の個性、機知、興奮、偏愛、強情として終わる——能う限り小さな空間において。かつて詩の美の目印は、倦怠の象徴であるボードレールの緑のかつらだった[1]。今日、詩の美の理想は——理想のことなど、美は何も関知する必要はないのだが——、昆虫の眼のように正確な記憶の機械であり、これは生きた時間を再認するための機械である。

というのも詩作は、さしあたりまったく無意味な意識の諸相の積み重なりとして始まるからである。この諸相は個人が、因果関係や年代の順序などお構いなしに、苦労しながら、あるいははずむ足取りで、くぐり抜けていかなければならないものだ。本人もよく知らない意識からもたらされるわずかな断片を、幸運にもその人が手中に収めている限り、跳躍でどこに導かれようとも気にすることはないだろう。だから、幻想的なもののなかには亀裂、融和しないもの、ショッキングなモンタージュに組み合わされたものが目立つ。だが韻律は、それがいかなる韻律であれ、時間も一緒に運ぶ。それは先延ばしにされた時間、ダンテ作品のような地獄見物の時間、弁証法的に引き延ばされた時間、再録羊皮紙《パリンプセスト》が広げられる時間、歴史を超越して経過する時間である。

私÷π《パイ》――詩行へといたるある不等式の第一項は、こう書けるかもしれない。暴力的な定数（気性、種としての行動、遺伝、情欲の対象……）としてのπと、威厳のすべてを失った、自らの体験への絶えざる懐疑のうちに生きる、伝記上の私とから成る不等式である。不等式の計算の結果を、二千年前のホラティウスは――後の時代に簡潔さを追い求め、不明確に終わった他の誰にもまさって――こう記述した。「詩は絵のごとし。あるものは、近づけば近づくほど汝を魅了し、あるものは、離れれば離れるほど、汝を魅了する。あるものは暗闇を好むが、あるものは光のもとで観察されることを好み、判じ手の批評眼を恐れることもない。一度しか気に入られないものもあれば、十回眺められても、気に入られるものもあるだろう(2)」。

万人に向かう、得体の知れぬ自分を連れた詩人は、ただ自らの不気味さ、すなわち、自らを驚かせ、恥じ入らせる、自分の身体に宿した異質さにのみ従う。時計を眺めながら単純な肉体的消耗に身を委ねるように、異質さの不意打ちに身をさらしていると彼は感じる。すべての意味論的な結びつきが緩む、行き当たりばったりの瞬間に、詩人は熱心に自己観察を始める。それはまるで働いている自分の脳を見物するかのようである。いつのまにかほんの一秒のうちに頭蓋底に到達する課題こそ、詩人の神秘である。その課題は深部へと働きかけることにより、他のあらゆる語りから詩人を切り離す。どうでもいい冗長な弁舌なので魔力的な刺激閾に達せず、きわめて短時間にふたたび忘れられているような語りから。課題が詩人に語りかけるそのやり方は、麻酔下でのささやきかけに、致命的な状況において救いをもたらす着想に、ショック状態の犠牲者を死から守らなければならない救護員の冷静な励ましに、似たものである。

　脳のより深層に到達すること、つまり唯一無二の記憶痕跡の形で際立たせること、これこそが詩人の目標であり、それゆえに神経医学には未来の詩学が潜んでいる。記憶痕跡を追求するなかで詩人は、凝縮されたイメージの連続体に自らを接続するためだけに自分は存在しているという固定観念に、自らの人生の他の要件をすべて委ねるのだ。この点にこそ、詩人の所業のもつどうにも救いがたい狂気がある。キュレネのカリマコスが書いた一詩行は、玄関の前にいる郵便配達人の呼び声とちょうど同じくらいの現実味を詩人に与える。詩人はひょっとすると恋人の言葉から、その時点での感情の駆け引きから気づかされる以上の反響を聞き取ることになるだろう。それだけ注意深く、詩人は沢山の時代のもつれた声へと、同時代の引用句や切れ切れになった言葉へと耳を傾けているので、その最も特異なものが詩人の聴覚の奥底の末端部にひっかかるのである。……ついには一行が、一符牒がこう約束してくれるのだ。「ここでお前は、とうとう底に行きあたる」。

2

私は腹腔大神経叢(3)について、この証明しがたい、記されたものがばらけぬよう何年にもわたってまとめている、おそらくは生理学的な力について語るべきだろうか。形象や文成分や行が毎回新たな様相を呈するのは、驚くべきことだ――まるで神経の末端がいまだに詰まっていないかのようである。ひょっとすると最強の詩、もっとも謎めいた作品は、日々の印象の連続砲火のなかでの記憶の短い吐息として、刺激をそらすところから記されるのかもしれない。ただ経過していくことに対処するためには、情報の荒野のなかで、ダンテの謂う一時の劫火(4)のなかで立ち止まるためには、韻律による測定を手段とし、ばらばらになった詩行を手がかりにした指針より他に想起の助けになるものはない。詩作はもとより記憶の一作用である。はかない身体から生まれる一つ一つの声と、水上に浮かび、街路が延びているように都市や景観を貫いている詩というジャンルの歴史との間を結びつけるのは、その韻律的特性である。思考と追想の側対歩のなかで、抒情詩の語りは、死の彼岸にいながらにして、歴史的に刻印された時代の此岸にいる状態をもたらす。人間の我意や体験の多連関性に、記憶術として詩作以上にうまく適合した文学形式は無いかのように見える。この独自性にこそ、詩作の人類学的局面があり、これは形而上学が葬られた後、さまざまな思考形式が統合される今日の時点において、ようやく認められるものかもしれない。かつて歌として始まった詩の言葉のなかで、最古の感情が最新の着想と出会い、脳幹の情動が最新の対象、いま話題のアイディアと出会う——稲妻のような想像行為のなかで。詩の言葉の神秘はその直接性にあり、その魔術は、つねに別の場所にいたり、もうずっと前に死んだりしている話し手をその場に生《なま》で存在させることである。さまざまなリズム、凝縮された形象のなかで、個人のイメージが万人の世界体験とシンクロナイズされる——伝承というものが存する限りにおいて。六歩格の叙事詩から会話調の自由韻律詩に至るまで、言葉がどんな形で打ち出されるとしても、決定的であり続けるのは、この記憶と詩作の生産的関係である。一人の人間の人生の細々《こまごま》とした記録の彼方で、そして様式で区分されたすべての時代や芸術の理想を超えて、詩の言葉は記憶の奥底、地中に沈んだ文明、遍在する死者とつながっているのだ。さもなければ、多くの既視感《デジャビュ》の瞬間、内因性の象徴、人類学的な見方のようなものをそもそも可能にする主題はすべて、いったいどこから生まれるというのか。古代エジプトの愛の嘆き、中世宮廷恋愛詩人《ミンネゼンガー》の辞世の歌、あるいは卑俗な大都会の夜に徘徊する遊歩者が詠んだ切歯扼腕《せっしやくわん》のソネットも、同一の心に訴えかけるのである。詩作が強調することによって初めて、つぶやき声、つまり生活に付随する感情や認識の鼻歌から、何か想起可能なものが取り出され、小石へと鍛造された……それは周りを流れていく時によって洗われた、いくつかの言葉なのだ。

それとも、(キケロが弁論家たちについての著作で引いている伝説によれば) 事もあろうに一人の詩人が記憶術の発明者とみなされているのは偶然だったのか。その詩人の名は、ケオスのシモニデスである。テッサリアの領主スコパスの館でのある祝宴の折、詩の朗読の後に大広間の天井が崩れ落ち、シモニデスは奇跡的にもただ一人命からがら逃れたという。神の摂理か、生理的欲求 (おそらく尿意を我慢できなかったのだろう) かが、彼を戸外に導いたのだ。彼が戻ってくると、饗宴の列席者は皆、瓦礫の下敷きになり、死体は識別できないほど損傷がひどかった。もはや誰も犠牲者を見分けることができなかった。ただ一人詩人シモニデスを除いては。彼は後から正確に席次を思い出すことにより、親族が身寄りの死体を見つける手助けをした。それまで意識していなかった自らの能力に驚いた彼は、無秩序な思い出をいつでも秩序づけることができる方法をいわばついでに発見したと言われる。彼の技、すなわち初期の意識術は、心象のそれぞれに一つの正確な場所を割り当てること、多数の印象を空間的に配置することに本質があった。これは、以後のすべての詩作の背景としてすぐに役立ち得たモデルに基づいていた。譬え話としてこれほど適切なものはまずなかっただろう。シモニデスは生き残った証人として、遺族の悲しみに方策を示し、エピグラム作家、死者追悼の詩人として、あらゆる追悼の辞の前提となる想起のための手がかりを発見したのだ。描写力と暗示力を揮《ふる》いつつ内面の世界と外界との間を行き来したシモニデスは、古典古代の記憶にとどめられた最初の具体的な人物の一人であった。その逸話が本当であるとすれば、彼の記憶術はある事故の賜物、あるショック体験の克服の賜物である。プルタルコスが記したように、シモニデスにとって詩作は語る絵画であり、絵画は無言の詩作なのであった。

　そしてまたもやホラティウスが、詩人生活の終わりにこうつぶやく声が聞き取れる……「詩は絵のごとし《ウト・ピクトラ・ポエシス》」。

　だがもっとも深く心に刻まれた形象は、どんなものだったか。どんな心的イメージが、無意識に到達するほど簡潔にして含蓄に富んでいたのか。というのもこの無意識こそ、詩のかけらも諸世代の象徴のやりくりの一部となって以来、何世紀も前から心的イメージがもはやそこから追放されることのなかった場になっていることは明白であるからだ。それは滑稽なものであれ、壮大なものであれ、醜悪なものであれ、物騒なものであれ、まさにもっとも尋常ならざるものではなかったか。つまりそれは、集合的無意識をその無愛想さで最大限に刺激してきた、予期せぬ美しさや破壊の形象ではなかったか。それらの形象だけが、例えばスリルが支配するところまで、曖昧模糊とした感情の錯綜から一気に見通しが開けるところまで、夢想と慰めが森の空き地で出くわすところまで、踏み込んだのではなかったか。凝縮された形象の他にも、例えば、地口や隠語の勢いといった、時として目的にもっとすばやく到達する別のものがあることを私は知っている。だがその場合、予想できない形象から生まれた詩行が燃え上がらせる、まさにあの欲求は切り詰められてしまう。この欲求とは、一行一行進むごとに高まりうるものである。なぜなら、おのれが何について語っているのかをいまだ知らない詩は、初めて通った道をまた辿り、最後にやっとその道がどこに向かっていたのかが示されるからである……にもかかわらず、詩がどの風景を通ったのか、催眠状態で語った語りが誰のことを述べていたのかは、はっきりしないままかもしれない。ひょっとするとそこから、抒情詩と結びつく最大の恐怖が生じるのかもしれない。抒情詩においては不確かなことが歌になり、その歌は、日常の論理や因果関係を打ち負かし、純粋な心的イメージとしてあらゆる意志の奥に潜んだ聴覚に達する、そういう恐怖である。大半の人の無学な反射的態度から専門家の知的な不興に至るまで、抒情詩への反発はすべて、抒情詩の蠱惑《こわく》的性格に、現実への飢えを決して鎮めることのできないその共感覚的な欲求に向けられたものであるように見える。抒情詩が悪くとられるのは、その無線情報が聞き手のなかではじめて解読されるという点、理想的なケースでは、抒情詩は身体の複数の受信領域へと同時に入り込むという点、そのアピールは全感覚に向けられるものだが、外部に対してはつねに暗示以下であり、シグナルの域を出ないアピールに過ぎないという点である。というのも、すべての芸術手段のなかでもっとも使い古された手段である言葉は、見せかけのものに過ぎないからである。言葉の背後には、あらゆる意味論的な策略をめぐらせて変化を求める心の動きがあるのである。それはちょうど礼拝のときのようである。託宣を掌握している人はいないし、誰も、自らの切実この上ない祈りの受け手などこれまで見たことがなく、そもそも受け手がいるかも知らない。だが、しばし心の安らぎをもたらす祈りとは異なり、詩において言葉は語り手にはね返り、怪しげに力をこめて語った詩人は孤立する。詩作は、それがいかなる境界を越えるにせよ、何よりもまず自己との出会いなのである。鏡の前にいるかのように、言葉はその魔法を解き放ち、盲目になりたくないという語り手の望みは、言葉が結ぶ拘束的な関係のすべてを揺るがせる。言葉を生へと呼び覚ますのは声であり、声は逆説的なことだが、詩句末の抑揚で言葉を呪縛することによって、言葉を語彙としての深い眠りから救い出す。言葉は表象に凝固することもあるし、音の連続として通り過ぎることもある。ついさっきまですばやく逃げ去っていたのに、もう夢に沈んだように立ち止まり、両義性に敵意を抱いて、一つの世界のなかで辺りを見回している。言葉はプシュケ(5)である、とマンデリシタームはかつて述べた。この補足となりうるのは、言葉そのもののために言葉を愛する者たちと、目的がどうあろうと言葉を生涯にわたってただ利用するだけの者たちとの間には亀裂が走っている、ということである。詩人の羞恥心は、自身、言葉を利用することを強いられることからくるものである。詩人を自己言明に駆り立てるものは、本当はただの嫉妬であり、求愛を聞き入れてもらえなかった宮廷恋愛詩人《ミンネゼンガー》の憂慮のたぐいであって、これが疑念に駆られた人を些事にこだわる人間へと変えるのである。

形象、言葉、抑揚、韻律(その韻律がいかなるものであれ)――これらは極度に還元され、切り離されうる限りにおいて、詩の構成要素である。この要素の助けを借りて、詩は装飾されたひとまとまりの時間として、具象的な、ほとんど彫塑的なものとして、最終的にはほとんど一つの物体と化し、別の時代の別のものと結合可能となり、記憶の背景の空間に入り込む。サッフォーのわずかに残された詩行のように、古代の詩の断片の多くが、陶器の破片、いわゆるオストラコン(6)の形でわれわれのもとに届いたのは、なんとも奇妙なことではないか。というのも、いかなる詩も基本的には、まさにそうした昔の思い出の破片、断片であるからだ。たとえそれがいかに完全な形でやってくるにせよ、つねにさらなる一部分が補われなくてはならない。そしてここで明らかになるのは、徒労そのもの、つまり完全な理解を求めるのは無理だということである。われわれの前にあるのは、ある生活のなかから顕在化した意識のかけらであり、この生活をわれわれが決して実際に生きることはないだろう。というのもこの生活は、別人がすでに生きたものであり、反復不可能であり、別人のモナドに籠っているがゆえに何光年も離れており、われわれがいまそのモナドを覗き込んでいる窓もまた、おそらくは錯覚に過ぎないからである。こうしたことの全ては、馬鹿げているが科学の熱意を結集して行われている、いくつもの惑星系越しに地球外の知的生物と接触する試みに似ていないだろうか。

だがこの想像も、まだあまりにも不十分であり、一つ一つの詩の抱えている本当のジレンマをほとんど語っていない。そのジレンマとは、a）内奥の迷宮から、白昼の世界でもなお持ちこたえる言葉を掘り起こすこと、b）最小限の記述で、最大限の表現を獲得すること、c）思考を感性的な直観に変えること、そしてその逆である。これらすべてを目指して、詩はたった一つの基礎的運動しかしていない。それは自らの軸をめぐる、単なる自転である。

　忘却という捉えどころのない時間の進行が、十分な抵抗にあうとすれば、詩に加勢するのは、時間である。この抵抗には、音節の上がり下がり、内在的類音、抑格の省略、各種の中間休止といった構造的なものがあるし、猫と鼠なら一組になっても、猫と月なら決してそうならないといった名詞類の関係によるものも含まれる。詩は、韻律による妨げであれ、語彙上の隔たりであれ、時間が経過するのを阻害することにより、後世の人間の記憶のなかや個人の体験の管理において自らの持続性を確保する。（物理学の、知性の、現象的秩序の）現実原則が見事に失効させられればさせられるほど、時間に対して詩が投じる抵抗は大きなものとなる。その際には、類推の妨害から言語的階層体系の混乱に至るまで、リズムの乱れや比喩上の混交といった軽い眩暈から、相容れないものを強引に結びつけること、（気分という点なら）体温の急下降、あるいは言語は現行の倫理と切り離せないものなので、出し抜けにタブーを犯すことに至るまで、その計略は豊富である。

　詩の大部分は、ありえないような対応関係を糧にしているのではないか。形而上派詩人(7)にとっては、いかなる隠喩もこじつけではなく、万物が万物と比較しうるものだったし、自我でさえ太陽と一体化するものだった。考えうる限りで最大の政治的詩人であるシェイクスピアにとって、それは犬の死骸と王冠《ダイアデム》の並置であり、これは彼の無韻詩《ブランクヴァース》が吊るされている詩的な留め鉤だった。マンデリシタームのような抒情詩の革命家にとって、それはプロペラから貘《ばく》の骨まで一気に逆行することであり、詩作は動物学的な鼻歌であり、これによって人間は宇宙空間の冷たさのなかで身を温めるのだった。リルケにとってそれは光沢剤、つまり表面の韻や音楽だった。だから例えば死は、間近な戦争の閃光として、ひそかに軍帽に投影され得た[8]。また別の詩人、戯れ好きの前衛芸術家たちにとって、それはミシンと雨傘が解剖台の上で出くわすことであり、シュールリアリズム全体がそうであるように饒舌な一枚の判じ絵であった。ただわずかな詩人――ダンテのようなエレガントな剣士――だけが、比喩を「正しい形象《イマージュ・ジュスト》」としてつねにまさにその場所で、出来事のダイナミズムからそれがおのずと突き出てくる場所で見た。ただわずかな詩人だけが、思考をその発生時に捕らえて記録し、形象をそれが自然に浮かび上がってくる瞬間にとどめた。

　詩が何を用意してくれているのか、当初われわれは全く知らない。抒情的主題が出現したとき初めて、詩が最初《アルファ》と最後《オメガ》との間で、衝動的な当所と理解による内省的な随所との間でぶれないでいるバランスが推し量られる。詩はつぶやきから浮かび上がり、場を持たない、無限に拡大したあの記憶との、伝記や地理学を超えた領域とのつながりを生み出す。

　四行詩におけるように短い間であれ、悲歌《エレジー》、頌歌《オード》、風刺詩……などにおけるように長い間であれ、詩が伝記や地理学を超えた領域へと至る途上にあるとき、それは他のあらゆる語りを超え、その意味では世界主義《コスモポリタニズム》的であり、歴史空間における航海灯である。一吐きの溜息、身体の興奮、神の降臨、あるいは突然の顕現、つまり現象界のエッセンス、といった具合に詩が喚起したものが何であれ――最後まで残るのは、「何故」という問いが「如何に」によって凌駕されるという印象である。こうして詩は、まさに思考を集束し、あらゆる言葉に意味論的な長子権を返還することによって、人を麻酔にかける。このようにして詩は外部を、遍在という恐怖を、和らげるのだが、それは、千変万化するもう一つの現実への感覚を研ぎ澄ますことによってである。これはあたかも、強く訴えかけるものだけが本当に存在し、現実は身体の規格であるという、(出生のトラウマから死の不安に至るまでの)あらゆる深遠な人生経験を証明するためであるかのようだ。

詩は、自分の靴に尿をかけてしまう瞬間や、喪失を不意に意識する過程や、どこかの理想郷に到着した際の熱狂を、正確に記録することができる。その際に題材にはあまり意味がなく、断固として書き込まれるのは、今までそう表現されたことのない洞察であり、思考や感情の次元における突破であり、言わずにおかれたことへの決死の宙返りなのである。こうしたことは、老齢や死から遠い、音楽の才能がある子どもの無邪気さによって偶然に起こるかもしれないし、絶望的な状況のなか、自らの失敗を最後の一言で取り返す勝負師の姿勢によって意識的にもたらされるのかもしれない。

言葉を、いかなる場合でも決してその根本的な緊張関係から引き離さないこと、その存在に関わる極と知性によってのみ把握できる極との両極性から引き離さないことが、詩作の過程においてもっとも重要なことであるように私には思える。ふたたび注目されなくなるまでの時間はあまりにも速い。詩が知的遺物のすべてが辿る道を辿り、衰退を経て、歌の形での名残へ、そして忘却へといたる危険はあまりにも大きい。詩が目下置かれている場所は、神学や修辞学といった先行者の体温でまだ温かい周辺部である。中世全体を通じて、風評や使者による報告は、ジャーナリズムの機能を果たすのに十分であった。今日では、事件を作り出すのは報道機関である。これとは対照的に、何世紀もの間、話題の中心は一篇の叙事詩だったし、王家という王家が一篇の朝の歌を囲んで集まった。他方で今日の戦争は、紙面ではすでに決着済みのいくつかの主張のために、文字も知らない輩によって仕組まれることが増える一方である。ひとつの詩句がシベリアの流刑生活のなかから解き放たれること、不可解な一連作詩が蛮行と住民全体の破滅に抵抗できることは、いまだ何よりも慰めになる。だが、薄暗い都会生活についての詩が、ある文明の陰鬱な道路地図になりえた時代からは、かなり時間が経っている。

二十世紀末の今日、バベルの心というボードレールの言葉は、バベルの脳と改められる。それは、以前より情熱に左右されず、冷めた意欲のなかにある新しい舞台である。殺人的な嵩の文書、悪名高い非人道性の証拠書類の重荷に耐えかねて倒壊したアーカイブのようなバベルの脳には、古い詩行が散乱している……悲歌《エレジー》は詩篇のうえに、詩篇は風刺歌のうえに重なり、突風が吹きつけた未綴じの紙の山。高価な写本でいっぱいの競売会社の地下室のように、バベルの脳は、決定的な洪水に脅かされているように見える。いかなる形象も、もはや本来の場所には置かれていない。さしあたりまだ簡潔性、辛辣な冗談、あるいはそむけた憂鬱な目によって、かつて世界が持つ意味を生んだ例の破片が見つけだされる。だが今日ではすでに、ひょっとすると新しい化学が姿を見せているのかもしれない。これは、(伝承の)断片や(知覚されたばかりのものの)次元分裂図形《フラクタル》から作話症的語りを生む、また別の語り口である。詩がもたらす効果というのは、その大部分が思い出に欠落箇所が存在していることによるものではないか。語りが抑制された社会、および情報が氾濫する社会のなかで、その欠落箇所が大きいほど、個々の詩はそれだけ沢山の仕事を担うことになる。とはいえ、詩の作者はそれを理解しておく必要もないのだが。抒情詩は、シモニデスの事例に見られるように再構成するという事象である一方、まったく同じ程度に、あまり病的ではない作り話のバリエーションであるとも理解されうる。抒情詩の技法は、つねに橋渡しの話術であり、したがって記憶錯誤の一形式である……あらゆる誤謬の連鎖を断ち切ろうという意図をもって、集合的記憶のなかを徘徊したとしても、そうなのである。場合によっては、たった一言でそれまでの人生が救われたり、ヘレニズム時代の詩人の叫びが、何世紀も後になって、突然未解決の問いとして応じられたりすることもある。だから詩作が一種の余計なお節介であるのは当然のことであり、統合失調症患者の滔々たる弁舌にまんざら似ていなくもない。統合失調症患者は、自分がしていた話の糸を一昨日に見失った場所で偶然にまた拾い上げる。その患者が見失ったにせよ、別の人が見失ったにせよ、それが一昨日のことであるにせよ、一二〇七年のことであるにせよ。アブノーマルなものすべてに冷ややかに対峙し、もっとも表面的な意味連関だけは守られているかどうかを疑いの目で監視している、いわゆる健全な多数派が反詩作的態度をとる一つの理由がこの点にあることは、十分に考えられることだ。

詩は、それが極度に近づきがたい、理想主義的であった時代も含めて、世間との対話を完全に打ち切ったことは一度もない。これは、どんなに狭い空間でも最大の関連を組織する人間の脳の特性のおかげである。途方もない犯罪の結果として、詩が沈黙に向かう傾向が一時的に感じ取れた。しかしこれは――野蛮な単純化の瞬間、つまり政治と経済が荒廃した瞬間における――耐え難きにまで高まった意味上の負荷への反応に他ならなかったのかもしれない。第二次世界大戦とその陰で実行された文明破壊の損傷から、詩はもはや完全には回復しなかった。だが詩は、損傷を受けた脳のように、再生へと、欠落した表現のパートを別のパートで代替することへと、（言語の）多様な機能を交差させることへと、死んだ組織を突き放すかさもなければ囲い込むことへと向かう傾向がある。

そもそも抒情詩は、他の形式以上にはっきりと、芸術の、大脳に由来する側面を示している。抒情詩は、思考によって皺が刻まれた世界における、あらゆる気候の変化により敏感に反応し、抒情詩があらゆる現象に当てはめる尺度はよりデリケートで、共感覚の虹は抒情詩においてはより細かく色分けされており、いやむしろ、抒情詩において初めて、共感覚の虹は虹になるのかもしれない。抒情詩はあらゆる風土とより直接的に結びついているように思える。つまり、植物相と動物相の全特性のもつ吸引力のなかで、あらゆる話し方、視角、生ける者と死せる者の走性による吸引力のなかで、地表に現れた根を通じた結びつきが存在するかのようである。抒情詩のなかでは、領域間のより親密な関係が生まれているように思える。つまりここでは、視覚野(9)が言語中枢に触れ、聴覚圏は運動とリズムを司る指令本部に続いている。そしてこれらすべては、大脳辺縁系を介しているかのように、認識に先立つ動物的領域に根を張り、不安、快楽、攻撃性により近いのである。ときに抒情詩は、動物の大きな見方で眺めることがある……その身振りの豊かさは途方もなく、その修辞的表現の振り付けは予測不能である。コンピューターやあらゆる神経ロマン主義がもたらされるだいぶ前に、抒情詩はヴァーチャルなものに精通していた。ただし、抒情詩の広大な語彙空間からは、魚の一鱗一鱗が、髪の一本一本が、砂の一粒一粒がつねに新たに傷一つなくよみがえるだろう。

バベルの脳は、今日の詩人の基本装備であり、これは絵画ギャラリーを歩き回るように、複数の都市の複数の場面を歩き回る。バベルの脳は、望遠鏡を覗きつつ、星に近づくのみならず、まったく同様に古代ローマの壁の角《かど》にも近づく。蜜蜂の巣箱がその飛行乗務員たちのうるさい羽音を糧にしているように、バベルの脳は、誇張法の言葉のささやきを糧にし、秘密めいた隠喩と引喩の背後に隠れ、おのれの幻影を言語愛についての夢のように抱いている。

抒情詩のテキストは、内なるまなざしの記録である。

その記録の方法を規定するのは、身体である。意味論的秩序の背後に、解剖学的秩序が示される。解釈学がこねくりまわした層の下に、生きた組織が出現するが、これが抒情的な手さぐりの始まり以来、詩行の素材なのだ。というのも詩は、生理的に生じた短絡的発想が継起するなかで、思考というものを実演するからである。つねに（自らの身体の、人類の身体、すなわち歴史の）時代をめぐる旅の途上にありつつ、思考は詩のなかで停留を、軽薄な語り、浅ましい見解のなかでの宿りを、人生が目指すところの記号と形象の舞台を、見いだすのだ。

■忘却——ロサンゼルス

忘却の首都から——ある日焼けサロンの手記

ロサンゼルス。この都市は記憶に対する正面攻撃だ。都市学者の度肝を抜き、歴史家をどもらせるその増殖していく領土は、世紀の終わりに、いたるところで地球から大きなかけらをかじりとり、穴だらけのチーズにしている、かの健忘症の図表だ。その都度の過去五年間を、投資と抹消の魔法の周期を生き延びたものはほとんどない。歴史は五歳《ヒストリー・イズ・ファイヴ・イヤーズ・》だ《オールド》。カリフォルニアにはこういう言い回しがある。そうして書き割りが平然とあちらこちらに動かされる様子を眺めることができる。ハリウッド映画とその可動式の舞台装置は全戦列で勝利を収めた。ここの街並みは、モデル事務所のアルバムの中の顔と同じくらい、表情に乏しい。この都市は主にバンガローでできている。これらのバンガローは物置のようにも見えれば、水泳場の小屋掛けのようにも見える。夜、車であてもなく、どこかの冗談好きがハウスやビルディングと名づけたこれら吹きさらしの平らなバラックの傍を通り過ぎると、ざわめくネクロポリスを走る幽霊ドライバーになった気がする。信号から信号へと車の流れに乗りながら、まるで当然のように、ここでは想像力が自らの死後の未来に入り込む。そして空は、逃亡中のイカの大群のように、ヤシの並木道に挟まれた幅広い歩廊を、濃紺の煙で染める。とすると、いたるところで照り輝くネオン広告はほかならぬ、墓標盤でゆらめく松明、霊廟の壁龕に灯された獣脂ろうそくといったところ。ブルヴァールとアヴェニューが、列をなす墓のように互いに見分けがたく、まっすぐ一列に並んで交互に入れ替わる。田舎の墓地を思わせる、直線状の、やや朽ちた秩序をなして。全体の単調さは、人を萎縮させるほど動かしがたい印象を与えるので、どこから、そして、どこへ、という問いが無意味になる。一切が未来のない現在の中に格納されているようだ。それでも、あらゆるものがいつでも一夜にして跡形もなく破壊されうる。ブルドーザーと除掃車の大軍を投入して。その大軍のエンジン音が、緑なす丘陵の向こうで、もううなっているのが聞こえる。そして、格子付きの門アーチが入口にそびえる警護された土地、ゲイティッド・コミュニティは、格別に守られた家族墓地にほかならない。その柵の向こう側では悲哀が私有化されている。なぜというに、ここですべてを支配しているのは死、抹消の格別に速やかな、陰険な形なのだから。かつて人々は陽気に死ぬためにこの地にやって来たそうだ。日差しがただで、気候が憂鬱を追いやってくれたこの土地に。年金生活者や不幸な独身男たちが、彼らの蓄えを、ハリウッドの丘陵やサンタモニカの遊歩道で遣い果たした。最初で最後の悟りを期待しながら……。

今日、死神はこの地をティーンエイジャーの姿で徘徊している。彼はその永遠の若さ《フォーエヴァー・ヤング》で世代の連なりを嘲る。ゴミのコンテナの上で踊りながら、老人や貧者を止むことなくせき立てる。ショッピング・モールの香具師となって、昨日入手されたばかりの家財道具がスクラップになるのを管理する。民族集団を分離し、周縁にいる者をより分けては排除する筋肉質の土地ブローカーにして敏腕の雑役夫となって、隣近所が隔絶し、郊外がばらばらになってさらなる郊外にどんどん分かれていき、敵対し合う部族のますます細かくなっていく集団がそこに住まうのを見張る。彼は映画スターの顔をさっとかぶり、退屈しながら二、三の銀幕の夢を演じ、ひとシーズンが終わるとそれらの夢をまた投げ捨てる。引き締まった体に抗争中のギャングの秘密のしるしを入れ墨して、彼は死亡率を操作し、群れの恐怖を一定に保つ。筋骨隆々とした警官《コップ》の黒い制服を着て、彼は革ブーツのようにぴかぴかに磨かれたアスファルトの上をパトロールし、駐車場をくまなく調べては白い手袋をはめて、辺りに散らばっている死骸の一部やマスコットを袋に入れる。忘れられた、都会の虚しい営みに消えた刻々の実りを。だが翌朝には、明暗が交替しただけで様変わりして、この上なく感じのよい光景が再び人々を迎える。街路の両脇には幹の長いヤシの緑の列柱が続き、その樹冠ははぜて高貴な羽根飾りになっている。雪白のヴィラやクリーム色のヴィラ。舞台セットから借りてきたばかり。建築のカタログ見本の珠玉。メロドラマ風の幻想主義が花開いた時代に由来する庭園や地所の数々。ようこそ、とそれらは言う。ようこそ、忘却の首都へ。

*

この都市の健忘症、それは一年三〇〇日の晴天。その晴れの日々は影に、思い出が育まれて跳ね回るこの場所に、成長と腐敗の機会を与えない。この地のあらゆるコントラストはつねに人工的なものにすぎないだろう。グラフィック・アートの、写真機の戯れ事と蜃気楼。後からの添えもの。うまみ強化剤と食欲を刺激する着色料が料理に添加されるように、トレーニングで鍛えられ、形成外科的に操作されたフォルムが体に付け加えられるように。

カリフォルニア、イタリアのほかで最も美しい光の効果に恵まれたこの陽気な地帯、カリフォルニア、オレンジ色の昼に光り輝きながら、この地は訪問客を歓迎する。アルツハイマー・カントリーとして。ニーチェが予言したように、ここで最後の人々が幸福を発明した……そして目くばせをする……目くばせをする。

＊

そして西洋それ自体がこの地で一つの深淵に行き着いたのではないだろうか。カリフォルニアで、一つの方位がまるごと決死の宙返り《サルト・モルターレ》をして停止する、という曲芸が成功した。今や人々はここで、つねに好ましい照明の下、有名なオペラ連作のフィナーレに感嘆することができる。領土獲得、根絶、産業化について物語るあのダーウィニズムのサーガの伝説的なタブローの数々に。なぜなら、この地でアメリカの絵物語が、太陽で熟したエピローグで閉じられるのだから。愛想のいい蒼穹は急な弧を描いて海に沈む。西洋のあらゆる文明劇と領土拡大の帰れざる点《ポイント・オブ・ノー・リターン》は到達された。コンパスの針が虚空を指し示す、測量板の最外縁。ブレイクの「西方の道」は太平洋のアクアマリンに消える。背後にあるのは人間、その富、町々、生産施設の綾なす巨大な精製工場群。西へ進軍する途上で怒りの門をくぐらねばならなかったものすべて。

ここ西海岸で北アメリカの偉大な野外劇が一本のレールのように終わる。そのレールを締めくくるのは車止めではなく大洋。空は、空母の滑走路のように、突然途切れる。そしてカリフォルニアとは岸近くにいるこの空母のことなのだ。その船首には、ところどころ錆に腐食されながら、好戦的な文字でこう書かれている。ウェスタン・パラダイス。

＊

今朝、ヴィラ・オーロラの狭い庭で、かつてドイツの亡命作家の半分が集まったテラスに独りいたとき、エメラルドグリーンの、金属的な微光を放つハチドリが芝生の上を漂っているのを目にした。きびきびと、的を寸分も違えずに移動するハチドリは、羽毛の生えたヘリコプターのようだった。茎の上にいる親指小僧ほどの大きさ。息を呑んで私はハチドリの動きを追い、ジグザグに飛行しながら茂みを探るさまを、きらきらと羽をはばたかせて草むらに向かって降下し、数秒間、蜜を吸いながら花の顎の上に静止するさまを眺めた。その時、それは起きた。このちっぽけな、宝石のような鳥とともに、世界の考えられうるすべての美が私を撃った。思いもよらず、耳をぴしゃりと叩かれたように。そして、この親指大の使者は、同地にいる口達者な使節、世界破壊の気高い専門家たちがもたらす、あれら恐ろしい報告の一切よりも長続きする一つの知らせを届けにきたのだと考えると、驚愕もし、同時に心が軽くもなった。数瞬間、ひょっとしたら千分の数秒の間にすぎなかったかもしれない、このぶんぶん鳴る飛行体、どこかの失われた楽園から飛来してきたこの破片は、最初の爆発以来、原子爆弾と呼ばれている不格好な、鋼鉄をまとった筒と、ぴったり釣り合いをとった。このとき、眠れる者たちのメルヘンにあるように、草の生える音が聞こえていたならば、私は両者のバランスをも感じ取っただろう。ここカリフォルニア、防備を固められたエデンの園には、ハチドリと原子爆弾が、創造と破局のように一つの対をなしている場所があった。

一方には、一撃で消し去る大いなる破壊者――他方には、一個の鳥の体に凝集された、最も美しい遺伝子の組み合わせ（細胞の記憶）の一つ。

＊

思考するのだけは、ここはあまりにも暖かすぎてできない。どんな理性的な楽しみも、どんな論理的な計画も、すぐさま太陽のせいで挫折し、無為、安っぽい神秘主義、そしてパラノイアに変わる。快適な気候は結局のところ何でも大目に見てくれる。一番大目に見てもらえるのがナンセンスだ。このあまねき日焼けサロンで愉絶を感じない人は、その人が悪い。この地で最も労力の注がれているのが幻想だ。誰もが何らかの形で夢生産の従業員として働いている。目を欺き、心情をマッサージすることで金を稼いでいる、カリフォルニアの楽園の庭師や空中楼閣の建造者の許で。映画会社のスタジオの中やグラフィック・コンピュータに向かって。建築事務所や美容サロンで。ありとあらゆるテクノロジーを駆使して顧客の想像力に携わる人々がいれば、別の人々は、客の身体の性状を改良するのに勤しんでいる。一方の人々が涙の流れを調整すること、どんなくだらない笑いどころにも横隔膜を反応させることを責務としているとき、彼らの同僚たちは筋組織を増強したり、小さすぎる胸にシリコンパットを移植したりすることに従事している。ここでは世界一の歯科医たちに相談することができる。すると彼らは三人や四人でチームを組んで、どうしたら歯並びを最も完璧にできるか考えを練るだろう。そして戸外の露出症はなんと驚くべき形を帯びることか。彼らは、顔のしわを取るために外科医に身を委ねた回数が多ければ多いほど、それだけ強迫的に公共の場に姿を見せる。ローラースケートを履いて。甲高い色のカブリオレに乗って。グロテスクなまがい物でごてごてと飾り立てて。露出の度合いは年を取るにつれて急に増す。道路脇で唯一内向的なのはパーキングメーターとその揺るぎない目盛りだけだ。四分の一ドルの拍子を刻みながら経過する時間の警告碑。

＊

六十をはるかに超えるさまざまな言語が話されているような都市では、ドイツ語で詩を朗読することは不遜か、さもなければ——この世で最もありふれた事柄だ。この地では言葉の出し物に必要以上に注意を払う人はいない。耳はたっぷり提供されるエキゾティックな音声を好きなように味わうことに慣れている。バベルでは誰でも好きなだけヨーデルを歌ってよい。それがスワヒリ語であれ、ハワイ語の音色であれ、堅固な、きちんと規制されたドイツ語であれ。そして精妙につなぎ合わされた、少し扱いにくい文肢が、ここではどれほどもろく聞こえることか、母音の連鎖がどれほどどきんきん音を立てることか。喉頭音のセンセーションと、下顎から下卑た調子で絞り出される弁舌が音頭をとるこの演技場では。私の祖母の言葉は、バベルに避難させられると、急にあのもろい特殊言語《イディオム》のように思われてくる。かつて下役たちが、依頼主のご機嫌を窺いながら、必死で学ばなければならなかったあの特殊言語のように。どうしてだかわからないが、アメリカ人の間では、そして数多くの言語が入り乱れる騒擾の門口では、私の慣れ親しんだ言語が突如、回りくどくて使うのに恥じらいを覚えざるをえないように思われる。何か少女のように内気なものがこの言語から発している。

数日後、この土地の人が私の間違いを訂正してくれた。教育委員会の公式の算定によると、この地域では現在、八十三の言語が話されているそうだ。実際の数についてはその会話の席では決着がつかなかった。すべての方言と言語の下位集団を加えるなら、三百以上あるにちがいない、と言う人さえあった。

＊

ここが初めてではない。ニューヨークやシカゴでもたくさんの独行者が目についた。彼らは路上で大きな声で（そしてしばしば怒りながら）独り言をいう。ここでは、彼らがしばしば大洋の近く、海岸通り沿いで、どよめきに向かってぶつぶつ言っているのが見える。自動車の、そして海のどよめきに向かって。それは心の平衡を失った人々、不適格者として社会からはねられた人々、すっかり零落した人々だ。ただし彼らはこの地ではこころなしかそれほど攻撃的でなく、むしろ内に向いているような印象を与える。彼らはそのエキゾティックな着こなしでそれとわかる。これが民族学者を魅惑する彼らの粋だ。応用されたフェティッシュ・スタイルと、芝居がかった浮浪者衣装の混淆。まるで乞食の王様たちが落日の光にくすぐられるように、彼らは、みなしごのアウラに包まれてふらふらと歩いて行く。彼らのどもり声は、打ち寄せる波のざわめきに消えるように、メトロポリスのざわめきに沈む。それはある失われた原人の歌声だ。彼らは、賃貸投機のせいで維持できなくなった動物収容所から放たれた個体だ。ときたま彼らは月に向かって吠える。彼らは途方にくれ、個々の人間にとってあまりにも大きくなりすぎてしまった世界に向かって、しくしく泣く。永劫の罰を受けた者たちの合唱に混じってもう一度聞き入れてもらえるのを期待するには、あまりにも巨大になりすぎてしまった世界に向かって。

＊

ニューヨークが、大都市の詩人たちがかくも長い間歌ってきた、古典的なアスファルト・ジャングルだったとすれば、ロサンゼルスは本物の都会のツンドラだ。その建築は極圏の南に生える地衣類や奇形の植物に似ている。それは驚くほどミニマリスティックに変異する、平たい、粘り強く地面にしがみついた、文明の植生だ。奇妙なのは、地上で観覧に供させる部分と、しばしば地中深くに打ち込まれた耐震性の土台との対立だ。その土台が、建造物全体のうち最も高価で、堅牢な部分であるのはめずらしくない。この都市を建築技術の観点で正当に評価しようとするなら、その基礎部分を見なければならないだろう。というのも、要するにこの都市の秘密は（この都市はどこにも秘密など隠していないのだが）、昔から一つの都市の特徴をなしてきたものすべてについて、一貫して無知であることにあるらしいからだ。伝統的な平面図、十字や円を、この都市は無視した。エルサレムと同じくらい古い、水平線と垂直線の崇高な共演を無視したように。慎ましく、それでもどの細部も常軌を逸しながら、この都市は、これ以上ないほど敵対する風景の間に位置している。側面を海に、背を半ば荒野となった土地に向けて、セミラミスの庭園以来、最も金のかかる給水システムで保たれたオアシス。この都市は、最近の歴史の偶然の結果、模範的なメトロポリスに変わり、現代の遊牧民と建設狂の大軍を次から次へとおびき寄せている。

かくして、丘陵を越え、キャニオンを抜けて周辺の土地に進軍しながら、この都市は、国を逃れた人々にとって即席の安住の地となる。出稼ぎ労働者たちがバンガローを建てる場所、放縦なアイデアを抱いて町を追われた人々の住まう大都会。

＊

ここでの格別の楽しみはフリーウェイを際限なく車で走ることだ。これらの道路は非植林帯のように風景をいくつものテリトリーに寸断している。車はたいていいつも密集した縦列をなして走っている。複数車線の道路がまっすぐに都市の各部分を区切る。そして出口は、ブルヴァールやメインストリートを、互いに近接するまったく異なる村落であるかのように標示している。しかし依然として一つの同じ都市にすぎないのだ。木造の家、ヤシの木、アスファルトでできた熱い、煮え立つ粥の中にいるかのように人々がへばり付いている一つの都市、すなわちロサンゼルス。ここではあらゆるものがつねに等しく中心から離れているようだ。もっともその中心はどこにも見つからない。どういうわけかここでは車は非常に慎重に走る。ほとんどリラックスして、文字どおりはって進む。車があまりにも多い。そして、同じ方向に運ばれるほかの皆と一緒に、いつのまにか一本のベルトコンベヤーに載っている。渋滞がいまにも起こりそうな気配が絶えず漂っている。交通が障りなく進んでいるときでさえも。前の車との間に大きな隙間があると、贅沢と快適のしると見なされる。夕やみが訪れると、人々はフロントガラスの後ろに座った潜水者に変わる。光り輝く魚と電気ウナギの流れに乗って人々は滑ってゆく。周囲では巨大都市がまたたき、きらめく。濃緑の海草の帯に縦横に貫かれて。冷光を発するクラゲが侵略した後の深海コロニー。濃紺の水の層の上辺では、警察ヘリコプターが旋回し、すばしこいイカのように、カメラの目で、下方世界の営みを見張っている。その統制飛行の成果は、晩にテレビで、危険な水中世界のレポートとして娯楽に供される。多重衝突と崩壊した自動車道の橋梁。地獄のセイレンがほえる中行われる犯人狩り。手錠をはめられた交通違反者はばたばた暴れる魚のよう。アスファルトに投げ倒されて。遮るもののない路上で繰り広げられる戦争シーン。人々は潜行から戻るたびに、自分は助かったのだという憂いない感情を、深々と味わう。

＊

老いたロナルド・レーガンはカリフォルニアの地に固有の健忘症を最もよく体現している。ついこの前までは西側世界最強の男、最大数の師団、戦車、戦艦を指揮する者、未来の宇宙戦争の発明者。彼はその戦争を、バーナムのような興行師がご自慢のサーカスのアトラクションを褒め立てるように、同盟相手に倦むことなく売り込んでいた。この合衆国の元大統領は今ではアルツハイマーの影の刻まれた傷病兵だ。彼は自分の妻のことがもはやわからない。

だがここから眺めるならば、つまり緑なすベル・エアーにある一軒のヴィラの色ガラスを通して見るならば、世界史とは一体何だというのだろうか。よくできたハリウッド・ウエスタンに出てくる一連のエピソード。酒場の前で二、三人のならず者が撃ち合い、正義が肩をすくめながら勝利して終わる。とどのつまりは、保安官が何も言えなくなった辺鄙な町を横切るたった一本の街道で演じられる、ほこりだらけの幕間劇にすぎない。ウェスタンでは現実がいくつかの不変の定型にしぼんで、馬と連山、指名手配書と回転式拳銃《リボルバー》の決闘だけになったように、その病気はこの過日の愉快な世界保安官を寡黙な芯にまで縮めた。記憶の隙間から、彼は、自分のしでかしたことを顧みる。荒々しい主人公が名無しの愛馬にまたがり永遠の処刑に向かって進んでいく、あの単調な風景を振り返って見るかのように。

*

サンタモニカに一本の通りがある。その名をユークリッド・ストリートという。この通りは、片手間といった風情で幾何学の発明者を顕彰し、そうして、この地の道路網が厳密に直角をなしていることを、うつらうつらした運転手の意識に呼び覚ます。後に、内情に通じた人と交わした偶然の会話の中で、私はこの命名の真の由来を知った。この地で支配的な、番号を用いた街路秩序に従うと、この通りは、よりによって十三番通りになってしまう。不幸を誘発したくなければ口に出してはならない数字だ。かくして、思いがけず迷信と幾何学がぶつかり合い、夢想と統制が互いの様子をうかがい合う空間を生む——あたかも吸血鬼の指の長い影が、小箱のように並んだ街区の間を、撫でながらすり抜けるかのように。なんとすばらしいタイトルが英語には潜んでいることだろう。短音節で絶対に印象的だ。たとえばユークリッドの脊柱《ユークリッズ・スパイン》というのはどうだろう。

*

奇妙にも歴史の健忘症に矛盾しているのが、この地の食料品に添加されている大量の保存料だ。生涯にわたってスーパーマーケットで食べ物を調達する人は、身体に平均値を上回る量の分解しがたい物質を供給してしまう。その結果が最近、公になったばかりだ。アメリカ人の死体は、ほかの国の死者たちよりも、ゆっくりと腐敗する。墓の中で塵になることに彼らはより長く抗う。それほどの毒性タンパク質を背負い込んだ土壌は、彼らの不滅の残骸を、まだ長い間記憶に留めておく。

忘却の首都からの便り

かろやかな風が日ごとに記憶を吹き抜け
個性をそぎ落とし、良心の呵責を払う。
人々は屈託もなく、日焼けして現世を行く。
哂《わら》って見えた皓《しろ》い歯が客人を誘うのは、食事にではない。

忘却にだ。パイエクス人のなぎさを
椰子の緑の列柱が縁取る。あかるい邸宅に住むのは
あの永遠に美しく若い、銀幕の天使たち。
どの墓もＷＣの石鹸も、バニラが匂う。

†ロサンゼルス市を忘却の都として詠ずる連作。「パイエケス人」はホメロスの叙事詩『オデュッセイア』で主人公オデュッセウスが流れ着いた島の住民。ヨーロッパ文明の淵源ホメロスと現代アメリカ文明をぶつけることにより、ヨーロッパの記憶文化に対するアメリカの忘却文化、という対立図を第一詩で出す。(訳者)

*

友らよ、ここはいま冬だ。物陰でも二十度だ。
帽子型ドライヤーのように街にななめにかぶさる黄色の靄を
颪《おろし》の熱風がかきまわす。
はるかかなたまで見える折々には

彼岸信仰も手間が省ける。天国がいよいよ地上にあるとなれば
誰しもすみやかに空気に解消してよい訳だから。
夏という一つの季節を四つの四半期にわたってさすらう。
ひとたび水平線を望めば、虹を観るのが癖になる。

どんなに鈍くとも、遅くとも一月《いちがつ》には気づく。
ここエデンは常緑《ときわ》の園と。向きをかえろ。
あまたの熱い焼き網のあいだから自分の一番好いところを見せろ。
日焼けマシンのなかで生きるしかないのだから。

†過去も未来も知らず、現在を楽しむ気性の原因を常夏の気候に求める。（訳者）

＊

休暇をとったのでもなければ、対岸に配流されたのでもない。
新品の神話のひとつに惹かれて来たのだ。
可能性のみ多く、現実性はほとんど無き地ゆえ
旧世界ほど悔いずに済む。

当地では五分で友達になれる。銀行設立の時間も
大差無い——破綻にかかる時間もだが。

地震《ないふる》い、街並みが揺れると
人生は、終《しま》いから見たかのように実に短く思われる。

眠れるのは息絶えてから。それまでは恒常《つね》無き世が
心臓下のモーター、睡《ねむ》らせてくれない。
龍巻や裏山の火事が毎年のこととなれば
発砲事件も床屋では冗談《ざれごと》のひとつに過ぎぬ。

†旧世界ヨーロッパと異なり、物事は気軽に起され、簡単に破綻する。（訳者）

*

ここでは星空さえ様《さま》変わり。
琴座、白鳥座、射手座のあいだで新しい星座がまたたく。
恐竜座に追われて疾走するカブリオ座。
レボルバー座の上では縁なし帽座が逆さに迴《めぐ》る。

岡の上では宇宙望遠鏡が耳をＵＦＯと彗星へ突き出す。
宇宙からの客に挨拶がわりの菓子を焼くのはどこよりも当地。
映画館の代わりにプラネタリウム。
史上初めての宇宙パトロールのために

航空管制機能を蔵するバンガローも少なくない。
夜はサーチライトが光線を交えて暗号を映し出す。
飛行機からさえこの街はテクストに見える。
いつか読み解くのは複眼の異星人だけ。

漠とした着陸滑走路のような浜は泳ぐ気をそそらない。
そぞろ歩けば海辺の散歩道で電話が鳴って驚く。
見渡す限り人は無し……
火星から届くチェロの音《ね》が椰子の木立を撫でてゆく。

†ロサンゼルスのさまざまな風物を宇宙に関連さす。（訳者）

＊

現在にとっての未来と過去にとっての向後とのはざま
今という時間が続くのはちょうど六秒と
医師たちは言う。脳のテストが示す通りと。——当地では通用せぬ理屈。
ここでは昨日《きのう》を惜しんで振り返るよりも

駱駝が二頭、針穴を通り抜ける方が易い。

「時間の神《クロノス》だって。なんだい、それは。ホルモンかい」といぶかる。

「例の薬の一種か。発売禁止のポルノ映画か。はたまたカクテルか」。

アルカディア人《びと》は「未だ」だの「既に」だのは御存じ無い。


ファースト・キス、経験無く迎えた夜、そして……

と思い出に浸るのはほとんど倒錯。

幸福の発明者が目配せするのは常に現在。
始まったことのないことは終わるはずがないから、確かな保険がかかっている。

†古代ギリシャの時間の神《クロノス》に、過去も未来も関知せぬロサンゼルス人《びと》を対置。(訳者)

*

よそでは石油とシリコン、ここでは映画。
純乎たるセルロイドを原料とし、天国の残光により
スタジオでできるのは、宗教。
共産主義者の父たる無神論者が「民衆の阿片」と呼んだ宗教。

然り、映画こそは要諦。暗い堂で魔法を操り
内気な凡人を不滅にし、夢ごとに知人として忍び込ませる映画こそ。
才有る孫、ぼけた伯父、
すらりと着せ替え人形のような娘、厳しい叔母。

秀才と美の女王。彼らの浮気、趣味、ペットの名、行きつけの酒場、療法士、献立のすみからすみまでを、ここからエフェソスまでの誰もが承知。デルポイを御存じなくとも、こうした夫婦ドラマはお好みだ。

評判をとるとやがて厚顔無恥になる。
醜聞が名声に磨きをかける。
最高額の出演料の源は横隔膜と涙腺への圧力。
眼を瞞《だま》し心をマッサージすることがここでは全て。

†現在を享楽する文化の華、映画。(訳者)

＊

嗚呼、正義をふりかざす者どものせいで気が萎える地だ。
節義の健全ぶりを見せられて嚥《の》み下すのを忘れ

淀みなき箴言に呆気にとられる。
ビュッフェでは菜食主義者がテーブルクロスに唾を飛ばして
肉は駄目だと表明。血を好む猟犬如き僕も隣で聞かされ涙する。
バターのほかにいかなる佳肴を差し上げましょうと慇懃に訊ねられれば
焼いた七面鳥を賤しみつつ、いかめしく答《いら》える。
「母から生まれたものでなければ何でも結構」。

†菜食主義もアメリカ文明の一面として描かれる。(訳者)

＊

夜のスタジオ。展望窓。耳栓をして
足踏みする女たちが見える。引き裂き台だの首輪だの
責め具まがいの金属製器具に縛されて。
呪文はフィットネス。自らの肉体に跪拝すること、

これは計画して熱心に卒えなければならぬ試練。
誰しもおのれを裁く審問官。心臓と肺臓は
筋肉の鍛錬に奉仕しているか、厳しく見張られる。
脳は何をしているか。呆けているのさ、と悪口。

動きつつ留まる節制をいやはての波止場で行うのは
四方のひとつが全く断絶しているからか。
前に開けるのは海、行く気を誘わない。
ここでは退屈の訓練にふける方がましなのか。

†ヨーロッパから見た世の果て、アメリカ西海岸。そこで、さらに西の太平洋に向いてフィットネスに励むさま。（訳者）

＊

この地では、悦ぶには歯医者が要る。「なんて素敵なえまい」。
市民の至上の義務は幸福。
幸せならば、勢いはまず止められない。
敗者の機嫌を保つのは、何よりも表面の輝き。

自殺は犯罪、処罰される。
未遂にして隣人が通報すれば
保安官が直行、狙い撃ちして先手を打つ。
何をしてもいいいが死だけは不可《いけ》ない。

老化には保険をかける。
死は挿話と考えるのが好み。
復活するまでは冷凍されて内観を行ずる。
部長やメディア王たちは氷の宝蔵で生の陶酔を眠り尽くす。

哀れな連中を葬ったせいで土壌の汚染が甚だしいとは困ったものだ。

保存料にまみれた骸《むくろ》のうち、遺るのは
肥料と化した骨ではなく
スーパーマーケットで買い込んだ日々の食事のみ。

†死の受け入れかたを知らぬさまを皮肉る。（訳者）

＊

ここアルカディアでの僕の様子を知りたいか。よろしい。
足りないのは自分の影だけ。影はときどき
生け垣の向こう、椰子の合間で遊んでいる。かくれんぼさ。
こちらがびっくりして立ち止まると、パーキングメーターが隠れ処《ど》からあらわれる。

かなしみに襲われるのは、黒パンを憶うときのみ。
あの渋味、凍てついた土のように硬い皮。
現在という、不安の夢を窺《のぞ》く窓、テレビが

似た日々が続くのを恐れている。

僕がこの地のひととなったとは妙だ。蓮を食らうところを撮られたかのように
赤面した僕の写真も多い。日焼けか。

パッションフルーツジュースの飲み残しに差したストローで書くのさ。

「忘却の首都から便りをします」。


†オデュッセウスの部下が蓮を食い故郷を忘却したくだりを踏まえる。最初の詩で引いたホメロスに立ち戻り、欧州の伝統を担う詩人としてロサンゼルスに暮らす感懐で全篇を結ぶ。(訳者)

トラヤヌス帝市場の裏にて

かしこのトラヤヌスの柱を齧《か》んだのは喧騒、
痛めたのは陽光。柱の浮き彫りはダキア戦争を撮った
大当たりの映画。上映は果て、柱の世も過ぎた。
響《とよ》みの波を浴びてざらつき、硫黄っ気をはらんだ靄に傷められ
石膏に堕して大理石は呻いた。むかしそこに堆《つ》まれていたのは
脚を斫《き》られ血の気の失せた馬だの、格子の目からこぼれた首級だの、
殺害の顛末。いまやパイ生地か融けたアイスクリーム。
言いかけたのは「磨滅」の句。

磨滅、

これぞ極端なるもの。全てを含意した巨大な語――
みぞおちへの一撃、ローマの啓示、
ローマの先を示してわれらに到りさらにわれらの先を示した道理。
それはこの空気の震え。バスに乗りこむ何百万のキリスト者のみならず
柱頭で鍵を振るペテロをも顫《ふる》わせた。
石は病んでいたのだ。

†トラヤヌス帝がダキア（今日のルーマニアあたり）を征服した様子を記録した二世紀初頭の記念柱を、ローマで観ての感懐。浮き彫りはすり減り、文化的記憶が時間により浸食されるさまをさらしている。（訳者）

セネカに宛てて——P. S.

死者よ、無礼を許せよ。お前の安寧を乱す私は
お前たちの帝国の辺境で数々のもめごとを起こした
かの夷狄の裔《すえ》だ。
私はお前について多くを聞いたが、お前は私について聞いたためしが無い。
二千年を経てお前の耳を私に貸せとは
言えた義理ではない。ふたりの格が違う。
さてお前はいま何か。いくつかの原子か。
イタリアの地に埋もれたひとすじの灰か。いくばくかのＤＮＡか。
お前を伸《の》した毒を実験室で明かそう髪も無い。
誰しも知るように、死ねば症候など忘れられる。

起きたことは起きたのだ。
逢えぬ者にいかに語りかけるべきか。
お前はとうに外界のいずこかで
無機物や微量元素に分解され果てたと私は承知している。
あんなにも雄弁であったお前の魂のうち遺《のこ》ったのは上々のラテン語のみ。
お前の肉は魔法をかけたかのように消えた。しかし文字は明かす。
そうとお前には初めから分かっていた。文章こそはお前の墓表。
吾は独りと告げる、文から成る碑。
お前も用いたラテン語では、ひとつひとつの語を構成する
例の文字なるものは、キャラクターと称した。人格とは
キャラクターの合計、言葉でできた商標以外の何であろう。
道徳は頑固な背骨で攀じたり降りたりする能力、
これをお前の世には魂の平安と称《とな》えたではないか、哲人よ。
ストアの世には、おむつやスポンジのように柔《やわ》な者ども、
二本脚の軟体動物どもはお呼びでなかった。
自らも直立する者が見る所の、直立歩行の者たちのみが

考慮に価したのだ。

なんと不遜な、
お前の世界から天と地ほども離《さか》った世界からお前に挨拶するとは。
ここドイツでお前の肉声に近い響きがするのは中世の恋歌。
こう比べても、受け皿の縁《ふち》の甘く皚《しろ》い角砂糖を
お前らローマ人《びと》たちの大理石に類えるに似る。
自然自体がストア派ではなかったか。動物は襲い、草を食《は》む。
植物と天気との無関心は岩の如し、
心理という名の蝶は当たって砕ける。
だからこそ弱い魂はガラスで護らねばならぬ。
神が摧《くだ》くまでは。
お前らストア派は不変のものと上手《うま》く付き合った。
形体に籠れば、死の手は届かぬ。
言語が咀《か》めたのは、ほんのおこぼれ——
反芻すると口蓋にへばりつく道学の革のみ。
お前たちのいう徳は、石の心を要さぬか。

否、鈍麻は――痛みが統べる国では――誰もが能くする所ではない。

お前は正しかった。短き生はわれらに呼びかける。
曰く、感情に隷属するよりは寧ろ堅牢たれ。
存在と時間をひそかに独自に理解せよ。
あるのは現在だけ、おのれのものにできぬ未来は行くに任せよ。
先送りは自己との分裂。
老いたとはただ長く居たというに過ぎまい、
皿だの取っ手だの、古道具みたように歳ばかり重ねて。
知らぬ者どもがあまた握った手は萎び
皺が意味を――お前を――生むに及んだ。
葡萄酒に酔って計画にふける者には一夕《いっせき》は茶番、
同じように人生という叙事詩も一番の狂言に縮む。
死は頭蓋骨から消えぬ宿酔。
日に縋れ、今日という花を摘め《カルペ・ディエム》、とホラチウスはつぶやく。
冴えた頭で瞬時をも味わえ。

神は簡潔に告《の》る、
「ひとの生くるは生の断片《かけら》のみ」と。
時は融け去る。と言うは易いが
素朴な幸《さち》はいまは何に成り果てたのか。
皆が綱にすがり、その綱から社会が国家という流し網を編む。
パートタイムで働きづめる者どもは
口座、自動車、趣味、余暇に取られた人質。
彼らの誰も、友よ、お前の文を読むまい。ルキウス・アンナエウスよ、
お前の忠告は空しいのだ。否、彼らは失っても痛くもかゆくもないのだ。
噫乎《ああ》、彼らが惜しまぬのは金ならず時間のみ。
死せる港から港へと弄ばれたオデュッセウスのように
年から年へと急げども、イタケはさらに見えぬ。
退職が或る日彼らを鬱病に陥れる。
もはや用無しとの事実が冷たく彼らを捉え
双鬢に霜を生じさす。年金生活がすでに到り
ストレスにばかり慣れた彼らをゆくりなく襲う。

しまいには疲れ、胃を病み、燃え尽きる。
思い出がおのれひとりの地獄になる。
誤まてる、短かすぎる生涯の歳々に今や悩まされる。
生の決算に耐えぬ者は電車に飛び込む。
さもなくば循環器の虚脱で往生する。
幼くして退屈の種を血に宿した者も多い——
ストレスは尽く自己欺瞞にほかならなかったのだ。
誰に閑暇など有ろう。詩神の臣すら
寝ても覚めても感覚のサーカスに駆られる。
ヴァイオリンの弦は鳴らすには、指づかいを悉く習わねばならぬ。
むなしい苦労とお前は言う。もとよりさやかに鳴るものを、と。
異議を許し給え。佳句を得るのは
盲鶏が穀粒を探し当てるよりも難いのだ。
テュエステス、オイディプス、メデア——
悲劇を書くのは蠅を捕えるに似ると言う勿れ。
例えばお前の書簡の文体だ。戯れつつ良心の義務を片付ける左手をうかがわせるものは何も無い。
よろしい、天才なのだ。苦労の挙句でなければ得られぬものが
夢のなかで恵まれる者もいるのだ。
哲学者よ、政道に専念せずしてお前ほど栄達した者は嘗て無い。
汗せずして出世はならぬはずなのに。
統治する者ならではの知識を寝ながら手にしたのもお前だけ。
聞いていよう、お前の伝記の著者たちが広めている噂を。
ローマの紳士録はお前を億万長者として挙げたのだ。
カエサルの側近たるお前の定席はやわらかいクッション。
ソクラテス派は精進姿のお前の肖像など買い取りはせぬ。
年代記に記す通り、お前は宮廷の黒幕。
ネロの如き大物に引用を教えた天才。
さあ、どうする。――お前の教え子を後世が知った上からは
歴史画から姿を消すには遅すぎる。
お前は彼の教師であった。時がお前を気楽者に仕立てたのだ。
時はお前を軽んじている。

読者を苦しめる、お前の著作の御説は、お前が泉下の客となってから花開いた。

お前自らの生はお前の説を駁していたのだ。

許せよ、死者よ。

お前の説はみな真実《まこと》と
信ずる者にすら疑いが忍び寄る。

われらが頑陋にして、我執という悪魔に忠実で
是と聞けば非と思うならば如何、と。

それに眩惑されようがされまいが、欲のうちの最も貴《あて》なるものが自由への渇仰ならば、と。

この欲のみが存在を、お前の謂う魂の安寧とやらを危うくする。

この欲のみがすべてを擲つ。

この欲はためらわず、跳ぶ。瞬間のために。

人とは何ぞや。逆らいつつ我を忘れる獣の謂だ。

賢人よ、お前の説教は、お前が愛してやまなかった
ただの一語で数々の問いの藪に誘い込む。

その魔法のことばは otiosus——忘憂。

閑暇に身を委ねて静思にふけり

超世脱俗、胃も痛まず。
真に生きるのは自適する者のみ。
失敬ながらお前の文集で語るのは謫せられた詩人だ。
本能から官職を避けつつも
全てを放擲する力は欠いた男だ。
お前を見ればわれらの窮状も明らかだ。
われらは引き裂かれたる者。度し難き部分を去り切れぬ。
思考とは、おのれの盲点を繞ることか。
人神の間のおぞましきことどもを戯曲に仕立てて
並ぶ者の無かったお前よ。われらあわれな罪びとに告げよ。
静穏であれば滅びずに済むかを。
静かでいれば静かに朽ちるのみではあるまいか。
世間という池で泳ぐ方が健康ではないか。
骨格のみならず感情も遺伝するならば如何。
教化は当てにできぬ。
我執という虎の手なづけかたを覚えるのはサーカスならずして巷《ちまた》においてこそ。

帰るべき園田の居とて無き衆はいかがすべきか。
市場《いちば》になだれ込み、競技場の天井桟敷で頤《おとがい》を突き出し
鼻を赤らめて宴会から帰る。
ストア派ばかりならば街は墓場。
時と金を持てる者は趣味に追われる。
政治は役立たず――流行りをつくるのは髪結い。
まことの贅沢とは輿に揺られること。
家来にかしづかれ、戸外には俠客どもが詰めかける。
生きるのはただひとたびではないか。やんごとなき獣すら
コロッセウムに喝采する群衆の前にくたばらねばならぬ。
友サピエンスよ、ちぢの興味にかき乱され
反目しあう人々に立ちまじりつつ、いかに克己せよというのか。
人の心臓を見たことがあるか。
血をはらみ拍動する塊――底なしの樽を。
これぞ皮下で闘い合う神経。
脈打つ所では思考は美しき夢に過ぎぬ。

死者よ、許せよ、この嘲る調子を。
お前の書簡は
パウリヌスが読んで以来ながらく途上にあった。
手紙はローマの衰退とその後の顚末を生きのびたのだ。
行ごとに含意有りと研究者は言う。
汝の福音とは。「予を憩わせよ」。
早すぎた瀉血。爾来お前の著作にはネロの名が粘着している。
焼け焦げのように、アスファルトの如くに。
憾むべし、思想より伝説の方がはるかにねばるのだ。
理想は来ては去る。
繊細な病人のやさしい小さな手も、いまはの際には
人殺しの拳のように生を攫んで放さぬ。大兄よ、
お前はわずかな土地も詩作の時間ももはや欲さなかった。
恥辱や不平は断じて語らなかった。しかし
生の短さにさっぱり気づかぬ輩にとって生《せい》がたやすいのと同じほどに
お前にとって生は込み入り難しかった。

伝記著者たちは事件、陰謀とつぶやく。
憧れのまなざしでお前はさかさまに身を投じた。
勝者無くして敗者のみ有る、あのいくさの中へ。
汝、ハイエナ如き権力者たちに囲まれた孤独な思索者、
傅育係、演説執筆者、戯曲の名手、大地主、
皆があくびする中へ矢を放つ風刺家――
ひとりのセネカの中に、かように多くのセネカが居る。
実のお前をうつした半身像は無い。
経歴をいかに書いても捉えきれぬ多面ぶり。
婚礼ごとに踊りつつ、いそがわしき者どもを嘲るなど
誰がなし得よう、まことの名士ならずは。
お前のように裕福に飽き、つましさを讃えられたのも
中枢に在ってこそ。
外れに身を置くわれわれ（アリストテレスの所謂痴れ者）は
何も知らずに些事に明け暮れる。
長かろうが短かろうが、生がわれらに恵むのは瞬間々々のみ。

何が起ころうと異議は申し立てられぬ。
私が夜、眠りつつ這いつくばって求めたものは
とうに爆発し、ちぢに砕けた。
お前は正しかった。私は確かに未来を慮ることを忘れていたのだ。
私はお前との談義に巻き込まれた旅人。
「生の短さについて」と題した書簡がとうに、しあさってに
届いていたと気づかぬままに、お前のこの文に読みふける過客。
失礼ながら、それほどにもお前の手紙は私を捉え、
魅し、わが心を占め、わが我執を強めたのだ。
セネカよ、私はお前が筆を執りつつ探した読み手のひとりだ。
お前の霊の声に耳を傾ける後世の聴き手だ。
私は必要とされぬが、お前の書籍はわが亡きあとも読まれる。
わが生はしばしのみ。されどお前はいつまでも生きる。

†この詩は、もとはルキウス・アンナエウス・セネカの書簡「生の短さについて」のドイツ語訳に付して出版さ

れた（Grünbein, Durs: *An Seneca. Postskriptum/* Seneca: *Die Kürze des Lebens.* Aus dem Lateinischen von Gerhard Fink. Frankfurt am Main（Suhrkamp）2004, S. 9-15. 推敲を経て詩集 *Der Misanthrop auf Capri* に再録、ここでは後者により訳す）。巻頭にこの詩が置かれたあとにセネカの散文が続くのに、逆にこの詩を「Postskriptum（P. S., 追記）」と題したのはひねった表現である。「生の短さについて」が書かれた後の世の詩、というのがその意である。人生は限りあるがゆえに永続する書物の世界に遊ぶべし、と友パウリヌスに宛てて説いたセネカのこの手紙自体が、セネカの肉が滅んだのちも存続し、古代ローマから現代ドイツのグリューンバインのもとに届いた。グリューンバインはそれにこの詩で応答する。二千年の時間差を無みする文字という媒体を自らも用いつつ、セネカとの対話を試みるのである。グリューンバインは、セネカのラテン語を讃え、『テュエステス』など悲劇の著作に言い及び、脱俗を唱えながら蓄財し権勢をふるった矛盾をあげつらい、嘗て教育してやった皇帝ネロにより自決に追い込まれた運命を観じつつ、「生の短さについて」を現代において読む意味を詠ずる。（訳者）

「未来の考古学者」グリューンバインの記憶空間

磯崎康太郎

本書の「あとがき」に代わる論考として、ここでは本書で訳出された随筆「わがバベルの脳」と「ポンペイ――原体験」（日記『最初の年――ベルリンの手記』の一節）を主たる考察対象として、これらの作品のなかに描かれた記憶空間と、そこに複雑に交差する時間的な相の一端を明らかにしたい。

1 記憶の詩学

随筆の表題にもなっている「バベルの脳」には、「古い詩行が散乱している……悲歌《エレジー》は詩篇のうえに、詩篇は風刺歌のうえに重なり、突風が吹きつけた未綴じの紙の山」が置かれ、この空間は「高価な写本でいっぱいの競売会社の地下室のよう」である。人間の身体的記憶空間を、保管庫の比喩を用いて表現するやり方は、蠟板の比喩と並んで古来より頻繁に用いられてきた。アウグスティヌスの『告白』に見られる倉庫の比喩では、想起する頻度の高いものは倉庫の手前に、逆に低いものは倉庫の奥のほうに置かれていることが示す通り、記憶の貯蔵庫は、そこに介在する秩序の暗示であることが通例である。しかし、「バベル」という形容が「混乱」を含意しているように、グリューンバインの述べている「バベルの脳」では、この秩序が崩壊しているようだ。「重荷に耐えかねて倒壊したアーカイブ」のような「バベルの脳」は、「決定的な洪水に脅かされているように見え」、「いかなる形象も、もはや本来の場所には置かれていない」のである。その理由として、第一に「語りが抑制された社会」が関係している。アドルノの「アウシュヴィッツ以後、詩を書くことは野蛮である」の言葉を引き合いに出すまでもなく、ナチズムとユダヤ人絶滅政策の後、「詩はもう二度と完全には回復しなかった」。「悪名高い非人道性の証拠書類」が記憶空間のあらゆる部分に侵食し、これを抜きにした語りは不可能になるからである。「だが詩は、損傷を受けた脳のように、再生へと、欠落した表現のパートを別のパートで代替することへと、（言語の）多様な機能を交差させることへと、死んだ組織を突き放すかさもなければ囲い込むことへと向かう」と述べられている。再生する脳のように、詩もまた、自然治癒力の恩恵を受けることになる。さらに、この空間における秩序の崩壊には、「情報が氾濫する社会」も関係している。情報の洪水は、心に銘記すべき事柄まで押し流し、その取捨選択と整理を困難にするからである。このように考えれば、詩人ばかりではなく、今日の人々の記憶空間が「バベルの脳」にならざるを得ないのは、必定なのかもしれない。しかしだからこそ、詩が担った役割も逆に増大するのだ。アウシュヴィッツの後にいかなる語りが可能なのか、また情報の洪水に日々流されていく人々に何を想起させるのかといった点で、詩は一つの指標になりうる。グリューンバインが述べている「バベルの脳」は、果てしなく過去へと延びる古い文物の断片をとどめ、この断片は「沢山の時代のもつれた声」や「同時代の引用句や切れ切れになった言葉」とも連関し、「ショッキングなモンタージュに組み合わされた」形で、詩の言葉として紡ぎ出される。そして同時にこの「バベルの脳」は、「今日の詩人の基本装備」として「絵画ギャラリーを歩き回るように、複数の都市の複数の場面を歩き回る」ものである。現在の詩人の「バベルの脳」は、かつてない規模での空間的な拡がりを経験し、多様な異文化体験を糧にしている。

グリューンバインは「わがバベルの脳」のなかで、「今日、詩の美の理想は〔…〕昆虫の眼のように正確な記憶の機械であり、これは生きた時間を再認するための機械である」と述べている。医者であり作家であったゲオルク・ビューヒナーの作品に感化され、「人間学的リアリズム」とも称される文学と自然科学、とりわけ詩学と医学・神経学との融合を目指すグリューンバインは、人間の眼が意識的に捉えきれない、すなわち無意識に刻印された像をも描き出すような「昆虫の眼のように正確な記憶の機械」を「詩の美の理想」として掲げ、詩学に科学的・客観的な基礎付けを求めている。詩は「どんなに狭い空間でも最大の関連を組織する人間の脳の特性」から恩恵を受けていると述べられ、抒情詩と脳との関係が次のように説明されている。「抒情詩のなかでは、〔脳の〕領域間のより親密な関係が生まれているように思える。つまりここでは、視覚野が言語中枢に触れ、聴覚圏は運動とリズムを司る指令本部に続いている。そしてこれらすべては、大脳辺縁系を介しているかのように、認識に先立つ動物的領域に根を張り、不安、快楽、攻撃性により近いのである。」人間の動物的本能にも帰される詩作は、人間が「生きた時間を再認するための」手段ともなる。「生きた時間」、すなわち人間によって経験された時間は人間のなかに「記憶痕跡」(Engramm)を残す。この「生きた時間」が刻印する痕跡は、「日々の印象の連続砲火のなかでの記憶の短い吐息として」、「ただ経過していくことに対処する」役割を果たすことにもなる。グリューンバインの記憶の詩学は、忘却を加速させる日常生活とそれを取り巻く時代のなかでの一つの人間的な抵抗の試みであると理解することができる。この点についてグリューンバインは、『最初の年――ベルリンの手記』において、「自分の詩の八十%は、時間への抵抗から成り立っている[1]」と端的に説明している。

アライダ・アスマンは、文化的記憶論の立場からグリューンバインの手記「忘却の首都から――日焼けサロンの手記」(本書に訳稿掲載)および「何かが事物の流れから引き戻される」(一九九四年五月二十七日付「フランクフルターアルゲマイネ新聞」掲載)を考察している。前者において、「忘却の首都」ロサンゼルスでは「死が、陰険で速やかな抹消の形式がすべてを支配している」と考えるグリューンバインのまなざしは、「個人的な苦々しさと憂鬱の感情に根ざして」おり、これは「旧世界を捨てなかった者」の見方であると指摘されている。後者において、グリューンバインはポンペイ近郊のヴェスヴィオ山とドレスデンのごみの山との間に類縁関係を見出している。ヴェスヴィオ山が溶岩を噴出して、近くの町や村の家や神殿を飲み込んだのに対して、ドレスデンの家々は廃棄物を吐き出し、ごみの山を形成する。ヴェスヴィオ山とドレスデンのごみの山は逆転した鏡像になるが、ヴェスヴィオ山近郊の家は、溶岩の下に埋没したまま、発掘の日を待つこととなった。ごみは廃棄されることによって、生活の名残が山に堆積する形でとどめられることになる。どちらも生成と消滅、更新と凋落の循環から抜け落ちて、永続するものになったという点では共通する。この点を踏まえて、アスマンは次のように結論づけている。

新しいものが古びたものと密接に結び付いていることを認めるグリューンバインにとっては、アーカイブとごみ、溶岩と廃棄物の間には、神秘的な類縁関係がある。その類縁関係は両者が現在から切り離されており、潜伏期間として存在していることにある。有用性の循環から脱落しているものは、芸術の形式保存の法則によって固められ「事物の流れから救い出され」ているものと同様に、現在の外側にある。(2)

「有用性の循環」は、グリューンバインが述べるところの「ただ経過していく」日常生活、「日々の印象の連続砲火」を生み出すような社会的・経済的な人と物の循環である。しかしこの循環のなかに身を置かざるを得ない人間、ひいては詩人にとって、この循環のなかから何が記憶痕跡としてとどめられるかは不明としか言いようがない。アスマンが論じている、日常生活から吐き出されて堆積したごみの山や溶岩に埋められたポンペイについては、「現在の外側にある」、「潜伏期間として存在している」ものと言える。しかし、詩人の「バベルの脳」は、「現在の外側にある」ものにとどまらず、いま目の前で展開される不思議な「現在」――「有用性の循環から脱落」していようといまいと――をも記録にとどめる。例えば、『最初の年――ベルリンの手記』中の四月八日付の記述（「ポンペイでの〈原体験〉」として本書で訳出）を見れば、「どれでもいいタバコの箱のレッテル」の「ニコチン　1.4mg」という表記が、詩人の脳裏をよぎることが述べられている。ここでは「二千年という距離を置いて、われわれの現代を振り返るとそれはどんな様子だろうか」という問いかけのもと、「未来の考古学者」の視点から眺めるという設定になっている。紛れもなく「現在」に属するものであっても、未来の時点から眺めれば、その自明性は失われ、何が記憶痕跡としてとどまるかを決めるのは、詩人の「身体」より他にはない。またその一方で「詩の言葉は記憶の奥底、地中に沈んだ文明、遍在する死者とつながっている」というユングの集合的無意識に接続するような絶対的な過去の存在にも言及されている。詩人自らによる記憶の詩学は、記憶論の立場からの一定の解釈を阻むようにさえ思われる。

「人間の我意や体験の多連関性に、記憶術として詩作以上にうまく適合した文学形式は無いかのように見える」と述べられているように、詩人は「つぶやき声、つまり生活に付随する感情や認識の鼻歌から、何か想起可能なもの」を取り出し、「いくつかの言葉」へと結実させる記憶術の達人である。グリューンバインは、詩作と絵画の類似性を説いたホラティウスの『詩論』を引用し、さらには記憶術の祖と称されるケオスのシモニデスが詩人であったことも偶然ではないと述べている。シモニデスが赴いた祝宴で、大広間の天井が崩れ落ち、参会者が瓦礫の下に埋もれるという惨事があった。このとき大広間を離れていたシモニデスは、間一髪のところで死を逃れたわけだが、この惨事に見舞われた死者たちの身体的損傷が激しく、近親者たちにさえ、誰が誰だか見分けることができない。しかし、イメージを脳裏に焼き付けつつ、記憶することに長けていたシモニデスは、祝宴の卓についた客の一人一人がどの場所に座っていたかを精確に思い出すことができた、という。この逸話は、外界の出来事を人間が視覚的イメージの形で内面に残し、それをうまく取り出せることの証左として語り継がれている。アレクサンダー・ミュラーによれば、シモニデスは、詩人と哲学者（科学者）との境界を、抒情詩と散文（修辞学が利用する記憶術のテキスト）との境界を越境した人物として、事故による館の「混乱」とそれ以前の状態の「忘却」に対し、「想起」することを通じて「秩序」を回復した。そのためシモニデスは、「つぶやき声（…）から、何か想起可能なもの」を取り出し、「小石へと鍛造」するというグリューンバインの理想像を体現する人物である。(3) だが、グリューンバインとシモニデスの関係がこのように評価できるにせよ、「日々の印象の連続砲火」を浴びせかける現代において、外界の出来事と視覚的イメージとの関係を、単純な一対一の対応関係で済ませることはできない。グリューンバインが述べている「もっとも深く心に刻まれた形象」は、無意識の世界から生まれた「もっとも尋常ならざるもの」、「予期せぬ美しさや破壊の形象」として詩の言葉に紡ぎ出される。こうして生まれた詩は、「日常の論理や因果関係を打ち負かし、純粋な心的イメージとしてあらゆる意志の奥に潜んだ聴覚に達する」。詩は読者の「身体の複数の受信領域へと同時に入り込」み、「そのアピールは全感覚に向けられる」という「共感覚的な欲求」を備えたものとなる。受信者によるその解読は容易ではなく、投瓶通信の例が示すように、発信者と受信者との関係も単純ではない。詩は、その「対話的な」性格からして、ある信念のもとで世界という「大海」に投げ出された後に、いつかどこかの岸辺、読者の心という岸辺に打ち寄せられることがあるかもしれないが、これは確約されたことではない。「わがバベルの脳」の末尾に近い箇所で、「抒情詩のテキストは、内なるまなざしの記録」であり、その記録方法を規定するのは「身体」であると書かれている。自らの「身体」によって外界の現象が心象として再構成され、言語化された詩を、詩人もまた第一の読者として解読しなければならない。[4] ましてや、その外界の現象を経験しておらず、その再構成にも関与していない他の人間にとって詩の理解が困難であることは言うまでもない。グリューンバインは、詩作を「礼拝」に擬えて、「託宣を掌握している人はいないし、誰も、自らの切実この上ない祈りの受け手などこれまで見たことがなく、そもそも受け手がいるかも知らない」と述べている。二〇〇二年の対談企画のなかでこの詩人は、詩が誰に宛てられたものかという問いに対して次のように答えている。詩作は「火星に向かうようなシグナル」を送り出し、「このシグナルがいつか受信されることをつねに期待しながら、可能な限り外の時空間へと出ていく」ことを求めている。「詩のなかで形式化された言語によって伝えられるエネルギーは、散文よりも大きく」、「詩の言葉はロケットのように垂直方向に飛び立ち」、「どこに着地するかは、誰にも言うことができない」。これに対して散文は、「ただちに平面で広がり、誰よりもまず同時代人に宛てられたものであり、最悪の場合には新聞の読者に宛てられたもの」である。「大多数の人々にとって抒情詩が難しいのは、そもそもそれが自分たちに宛てられたものなのかどうかも確信できないからである」[5]。

2 ポンペイの記憶像

旧東独出身のグリューンバインが一九八九年以降に訪れた主要都市は、アムステルダム、パリ、ロンドン、トロント、ニューヨーク、ウィーンなどである[6]。そして日本にも、一九九九年から二〇〇八年の間に四回滞在し、俳句形式での日記も残している[7]。しかし世界各地を歴訪するなかでも、ポンペイでの記憶が「原体験」(Urerlebnis) と称されているのは、なぜだろうか。「ポンペイの魅力は果てしなく遠い過去、すなわち壮大な古代ローマのどこかから来るものではなかった」と述べられているように、この場所はヨーロッパ文化の源流に関わるという意味での「原体験」ではないのかもしれない。むしろグリューンバインにとって、「ポンペイの地は生の多種多様なモティーフの結節点」として「長い象徴の鎖」が絡み合っているという点で、ポンペイは彼の個人的な「原体験」を形成しているとも考えられる。フロイトの『アクロポリスでのある記憶障害』論に言及されているように、「いつかあるとき世界に心惹かれて狭い内輪から飛び出した者」の一人であるグリューンバインが、この土地で満足感に満たされる一方で、子どもの頃の「超自我」に対して「良心の呵責」さえも感ずる場所こそ、ポンペイであった。ポンペイの世界が、詩人の「身体」にいかに刻印され、記憶像と化しているかという点について、『最初の年――ベルリンの手記』における四月七日付の記述を検討したい。

ポンペイでの「原体験」は、「記憶の奥深く、大量の家庭のゴミの下に、火山灰の層の下に、積み重なった大小の日常生活の出来事の下に（…）埋没している」が、「考古学者が刷毛で刷いたかのように」、筆者グリューンバインが目を閉じれば、その姿がよみがえってくる。ポンペイ滞在時の記憶像として第一に挙げられているのが、「扇風機の付いた野球帽」をかぶったアメリカ人女性旅行者である。その視覚的奇抜さには、「ブーンと鳴る」扇風機の聴覚的印象が加わり、この「小型機器は、原動機として彼女を動かすことに役立っている」とさえ感じられるほどである。そして彼女の姿はポップアーティストの「ジョージ・シーガルのあの石膏像の一体」を想起させる一方で、「翼の生えた靴を履いたり、アスクレピオスの杖を持ったり、パラス・アテネの兜をかぶったり」することもできそうな様子であり、「学芸員、世界漫遊旅行者、青天の下の黄泉の国のベテランガイド」という三様のヘカテを演じる神話的登場人物となる。

第二の記憶像は、「猛犬注意！」のモザイク画であり、これを起点に「ゲーテ時代の銅版画に描かれたように」現実離れした墓碑通りへと続く光景が展開される。古い「死者の町《ネクロポリス》」、「死への崇拝」と、新しい「住宅団地」、「賑やかな大都市の生活」が溶け合い、「亡霊のような印象」を与えている。この町は「愛想のいいカロン」の姿を想起させ、「自分がもう死んでいるのにそれに気づいていなかったとしたら、どうだろうか」という疑問を抱かせる。筆者は亡霊になることの恐怖から、「サンダルの音を舗道に聞こえるように響かせ」、「時として腋の下の匂いを嗅」いでみる。聴覚と嗅覚を通じて、生きていることの自己確認が行われるのである。こうした筆者の様子を目撃している人物がいるとすれば、それは「プロペラ帽のあの女性だけ」であると述べられ、第一の記憶像との連関が生まれている。

死と生の融合という町の印象から、次なる記憶像として喚起されるのは、秘儀荘のフレスコ画である。ディオニソスの脇で跪く少女は、「厄除けとしてそびえ立つ、巨大なファルスを露わにしている」。壁画の登場人物でありながら、こちらに歩み寄ってくるその「少女のオーラは、太古の外壁をめぐる空気の流れと一体化していた。彼女は、一番奥まった部屋のなかでも首筋に感じられた微風だった」と表現されているように、この壁画の少女は触覚に訴えかける存在でもある。このフレスコ画では「われわれ誰もが持つ無意識」が問題になっており、フロイトによる解明がなされて以来、「エロスとタナトス」の横行とみなすことができる。「死して生れよの法則を避けて通れる人はいなかった。死すべき人間が存在する限り、誰もが肉体の欲望と知の二律背反に、気づいてみれば引きずり込まれていた」ことに気づかされる。

フレスコ画で展開されたエロスは、最後の記憶像となる「バス旅行の団体客すべての本来の目的」地である売春宿の描写へと移行する。「古代の売春業より俗悪なものはかねてより存在している」と現状について述べ、「囚人房の暗闇、個室の狭さ」という視覚的印象に加えて、「昼となく夜となく、屋台の料理の臭いのように、悪臭と歓喜の叫び声が通りに押し寄せていた」という嗅覚と聴覚による印象も語られている。そして最後は、「二本の巨大ペニスの運動イメージ」という強烈な視覚的表現で結ばれている。

　ここに描かれたグリューンバインの一連の記憶像は、ポンペイの没落から復活へという流れにも対応しているように思われる。ポンペイを訪れたときのグリューンバインは、「自らの夢想、そしてあの大災害と同時代を生きた者たちとの語らい」を通じて、すでにこの土地を熟知していた。さらに、現地での「黄泉の国」への道先案内人とも言うべき奇妙な女性像から、「死者の町」へと連想が展開され、ここでは自らも「亡霊になることへの恐怖」を感ずる。しかし、かつての「死者の町《ネクロポリス》」には、現在の生の賑わいが融合しており、秘儀荘のフレスコ画には、タナトスが息づくエロスが展開されているのを目の当たりにする。そしてこのエロスは、売春宿の俗悪な活況を想起させる。全体として墓碑通りの記述から売春宿の記述まで、「死して生れよ」の標語のように、死から生へと向かう大きな流れが形成されているように思われる。視覚的イメージが中心だが、聴覚、嗅覚、触覚に基づく描写もみられる。こうした多様な感覚器官を通して示されるのは、筆者グリューンバインがいまこの場所で生きている、生を実感している様子である。

　過去に遡る時間軸は、「現在」のポンペイを起点にして、発掘された啓蒙主義の時代にも言及されており、「あの大災害と同時代を生きた者たちとの語らい」も経験されている。さらに考察の対象となるモザイク画やフレスコ画は古代ローマ時代のものであり、生き生きとした神話の世界にも道が通じている。この時間軸が、遠い過去へと延びている一方で、だがそこに未来も付け加わる。過去の死から現在の生へと向かった後、その現在の生もまた、未来から見れば死となるという視点が提示されている。筆者グリューンバインは、売春宿の描写の後に、「そんな場所からいかなる認識を持ち帰るのか。ポンペイの没落と復活から何を学べるのか」と問いかけ、こう提言している。

お前たちの望むようにせよ。楽しみ、騙し合い、貪り、売春し、研究し、ギャンブルし、商売し、祈り、陰謀を企てよ。だが、どうか残すのだ。語られるに値するだけの歴史だけは。後世のために何かせよ。そして自らの名を刻みつけるのだ。それが名作のなかだろうと、悪趣味な図像のなかだろうと構わない。偉大な始まりの神話に、いくつかの独創的な描写を付け加えよ。

ポンペイは歴史的文化遺産の所在地であるにも拘わらず、この土地での常識に囚われない多様な行為が提言されている。つまりこの土地を訪れた者は、歴史のたんなる受信者として行動するのではなく、自らも発信者となり、そこに「独創的な描写」を付け加えなくてはならない。未来という時点から眺めれば、この「独創的な描写」こそが「語られるに値するだけの歴史」となり、後世にとっての貴重な記録になりうるからである。

売春宿のなぐり書き、邸宅における第四様式の眩惑の壁布、都市宮殿や公衆浴場の豪奢な床のモザイク、アッボンダンツァ通り沿いの壁のグラフィティー、洗練された花や彫像で飾られた庭園のグラフィティー、これらすべてが合わさってこそ、消えてしまった都《みやこ》の世界が形成される。これこそ、ポンペイを思い出すなかでいまだ毎回私の脳裏をよぎることだった。いつの日か、もっと経験豊かになり、もっと落ち着いた姿で私はあそこに帰るだろう。人生の終わりへと大きく近づいたとき、そのすべてを私はもう一度見たい。もしかするとそのときは別の目で見るのかもしれぬが。

歴史的文化遺産に「売春宿のなぐり書き」やグラフィティーが混在した姿こそ、グリューンバインがポンペイを訪れた時点での「現在」であり、詩人の「身体」の記憶痕跡として際立つものだった。とはいえ、彼の「人生の終わりへと大きく近づいたとき」、また別の「現在」が提示されているかもしれない。いや、仮に未来の時点でポンペイの景観が変わっていなかったとしても、詩人の「身体」が受ける印象は異なるはずである。「別の目で」眺められるポンペイは、おそらくその「目」に応じた記憶痕跡を刻印するのである。

3 未来からのまなざし

未来への展望をともなった現在の姿というのは、だがあくまでも現在を立脚点としている。グリューンバインは、後世の存在について、「ある意味で後世の人々はすべて、つねに新たにこちらのメッセージをそのタイムカプセルから取り出し、解読しようと試みる宇宙人である(8)」と述べている。現在の人間が、過ぎ去った過去を現在の見方で解釈するのと同様に、未来の人間は、やがて過ぎ去る「現在」を未来の見方で解釈することになる。この点についてグリューンバインは、ポンペイの現在の「消えてしまった都《みやこ》の世界」にせよ、本論冒頭で取り上げた「ニコチン1.4mg」にせよ、未来に対して、「現在」についての何らかの解釈を押し付けているわけではない。むしろ彼は、「未来の考古学者」が発掘すべき素材・情報として「現在」のさまざまな形を提示しているのだろう。

かつてグリューンバインは、古代の墓碑銘に関わった際に、エピグラムの切り詰められた言葉を収めた「カード箱」(Zettelkästen)が、その時代の証拠品として「後世の詩人」にとって極めて有用であると考えている。そしてこの古代の墓碑銘に対する「未来の考古学者」としての考察は、現代にもフィードバックされている。「チェーンソー、ヘアドライヤー、テレビ……これだけ切り詰めて略述された状況における証拠品として、それぞれ、歴史上のいつと厳密に特定できる事物の世界を表している。例えば、スターリングラードの後の世界、冷戦下のヨーロッパ、エレクトロニクス時代のアメリカ等である」[9]。ここでは、歴史と化す現代という視点から世界が眺められている。

グリューンバインの二〇〇五年刊行の詩集『陶磁器――わが都市の没落のポエム』のなかには、ふたたびポンペイの形象も登場している。大戦末期の一九四五年にドレスデンを見舞った大空襲の惨状は、詩人の記憶のなかでポンペイの大災害とも重なり合うことになった。

「雷鳴」。それだけだった。そして朝の町からは、
トロイアから残ったかのように、ポンペイだけが、瓦礫の野ばかりが残った。
ゴグとマゴグがゴルゴンのまなざしのもとでよろめきながら……
大部分が倒壊し、多くはまだふらつき、
何日かたってから倒れるものもある。「この町はなんと荒廃していることか」と歌う者はいない。

父を背負って、先行きの明るいアエネアスはいない……
かれらは自らの無知蒙昧に対して、恐ろしい償いをしたのだ。
そして五週間もの間、アルトマルクト広場で馬が見物するのは、
鉄網のうえで死体が焼ける様子。馬は藁を掻きあさる。
感傷的だって？　ああ、未来のかよわいおまえよ、いい加減に黙ってくれないか[10]。

「雷鳴」（Donnerschlag）という聴覚的表現から始まり、「トロイア」、「ポンペイ」、「瓦礫の野」（Trümmerfeld）と連鎖的に視覚的イメージがつながり、旧約聖書でイスラエルを攻撃した王子「ゴグとマゴグ」、ギリシア神話の蛇の髪を持つ三姉妹「ゴルゴン」と神話的世界が次々に想起されていく。ドレスデンは詩人の故郷であり、詩集『陶磁器』の献辞も「私の母のために」となっている。「未来のかよわいおまえ」は、この詩を書いている詩人が、自分にこう呼びかけた表現であり、一九四五年の事件当時から見れば、未来の存在となるので、こう表現しているのだろう。「感傷的」（Larmoyanz）という評価をくだすこの他者のような声に対しては、「現在」の詩人のいらだちが感じ取れる。自らの故郷を見舞った大惨事について、詩人は他人事ではいられず、このやるせなさが感情的な言い方によって伝えられている。しかし詩人の思いがどうあれ、この他者のような声は確実に存在するし、「現在」の詩人は憤りを感じつつもその声を甘受せざるを得ない。この詩人が多角的に未来の視点を有していることを論じてきた本論においては、「感傷的」との評価をくだす未来の視点とそこに憤りを感じている主体とは、むしろすべてこの詩人のうちに内在していると考えるべきだろう。ある事件に対する自らの感情や評価でさえ必ずしも不変のものではないと心得、時間の変成作用を引き受け、たえず変化していく詩人のまなざしがそこには認められる。

注

（1）Grünbein, Durs: *Das erste Jahr. Berliner Aufzeichnungen.* Frankfurt a. M.（Suhrkamp）2001, S. 54.

（2）Assmann, Aleida: *Erinnerungsräume. Formen und Wandlungen des kulturellen Gedächtnisses.* München（C. H. Beck）1999, S. 406f. 訳出に際しては、アライダ・アスマン『想起の空間』（安川晴基訳、水声社、二〇〇七年）を参照した。

（3）Vgl. Müller, Alexander: *Das Gedicht als Engramm. Memoria und Imaginatio in der Poetik Durs Grünbein.* Oldenburg（Igel）2004, S. 93–96.

（4）Vgl. Ebd., S. 73.

（5）Böttiger, Helmut/Grünbein, Durs: Benn schmort in der Hölle. Ein Gespräch über dialogische und monologische Lyrik. In: Arnold, Heinz Ludwig（Hg.）: *Text + Kritik.* Heft 153: Durs Grünbein. München（edition text + kritik）2002, S. 72–84, hier S. 72.

（6）Vgl. dazu ebd., S. 92.

（7）Vgl. Grünbein, Durs: *Lob des Taifuns. Reisetagebücher in Haikus.* Mit Übertragungen ins Japanische und einem Nachwort von Yūji Nawata. Frankfurt a. M./Leipzig（Insel）2008.

（8）Böttiger/Grünbein, a. a. O., S. 72.

（9）Grünbein, Durs: *Den Teuren Toten. 33 Epitaphe.* Frankfurt a. M.（Suhrkamp）1994, S. 44. 訳出に際しては、縄田雄二編訳『ドゥルス・グリューンバイン詩集――墓碑銘・日本紀行』（中央大学出版部、二〇〇四年）を参照した。

（10）Grünbein, Durs: *Porzellan. Poem vom Untergang meiner Stadt.* Frankfurt a. M.（Suhrkamp）2005, Gedicht 38.

訳注

『最初の年——ベルリンの手記』より

（1）「アクロポリスでのある記憶障害」（Eine Erinnerungsstörung auf der Akropolis）と題されたロマン・ロランへの手紙のなかで、フロイトは、アクロポリスに立ったこと、すなわち自分が成功したことに対する満足感には、ある罪悪感がまとわりついていたことを指摘し、そこにはアクロポリスに行くことのできなかった父への意識が作用していると考えている。すなわち、「父よりも成功することこそ重要な結果であるように見えるのに、反面、父を凌ごうとすることは相変わらず禁じられているかにも見える」という矛盾した感情は、願望の成就を求める一方で、それに対する不信感、すなわち「子どもの頃に私たちを処罰した審級の刻印をとどめている私たちの内部の厳格な超自我の具象化」をも人間が抱えていることを意味する。

（2）ポンペイの壁面装飾は、時代ごとに四つの様式に分けられている。ポンペイで大地震が起こった紀元六二年以降、ヴェスヴィオ火山の噴火に見舞われた七九年まで続いた第四様式は、人や物を色鮮やかに彩った第三様式よりさらに装飾性が高まり、繊細な描写と濃い色彩を特徴とする。第四様式では、建物を構成する構造物に多くの題材が求められ、幻想的な壁画が仕上げられた。

わがバベルの脳

（1）著者グリューンバインの詩「銀板写真法ボードレール」（Daguerreotypie Baudelaire）において、パリの街路を歩く「緑のかつらをかぶったボードレール」（Baudelaire in grüner Perücke）が登場する。Grünbein, Durs: Daguerreotypie Baudelaire. In: Ders.: *Nach den Satiren. Gedichte.* Frankfurt a. M.（Suhrkamp）1999, S. 87.
ヘルマン・コルテによれば、グリューンバインのこうしたボードレール像は、「知と意志を備えた非凡な記述の主体であると理解され、世界の喧騒のなかでもその声を聞きとれる詩人［「グリューンバイン」］の自画像であるように」読める。Korte, Hermann: Zivilisationsepisteln. Poetik und Rhetorik in Grünbeins Gedichten. In: Burdorf, Dieter（Hg.）: *Die eigene und die fremde Kultur. Exotismus und Tradition bei Durs Grünbein und Raoul Schrott.* Iserlohn（Institut für Kirche und Gesellschaft）2004, S. 79-95, hier S. 86.

（2）ホラティウスの『詩論』からの引用である。訳出に際しては、ホラーティウス「詩論」（『アリストテレース詩学／ホラーティウス 詩論』松本仁助・岡道男訳、岩波書店、一九九七年）二五一頁を参照した。

（3）太陽神経叢とも呼ばれ、みぞおちの内部背中側にある神経叢のことである。この神経叢は、いくつかの小神経叢が集まって形成され、またここからいくつかの神経叢が分岐している。

（4）ダンテの『神曲』においては、「一時の劫火」（das zeitliche Feuer）は煉獄のものとして、地獄における「永遠の劫火」（das ewige Feuer）と対比的に扱われている。ダンテ『神曲』（平川祐弘訳、河出書房新社、一九九二年）二二六頁参照。

（5）ギリシア語で「霊魂」の意味で、神話上の登場人物としては、愛の神クピドに愛される美少女である。

（6）オストラコン（ostrakon）は、貝殻、陶片を意味するギリシア語に由来し、古代エジプト人、ギリシア人、ヘブライ人によって書簡、計算書、学習帳などに利用された陶片や石灰石のことである。

（7）とくに十六・十七世紀に流行した英国詩壇における一流派で、機知や奇想によって逆説的な不調和の調和を実現する知的な詩を書いた。詩人、聖職者であったJ・ダン（John Donne, 1573-1631）などがこの流派の中心的人物である。

（8）リルケの詩「最後の晩」（Letzter Abend）の末尾「鏡台の上には実に異様な／黒い軍帽をかぶったされこうべ。」（Und seltsam fremd stand auf dem Spiegeltische/ der schwarze Tschako mit dem Totenkopf.）を踏まえる。

（9）大脳皮質の後頭葉における視覚に関する領域のことである。

出典・翻訳分担

原体験――ポンペイ

『最初の年――ベルリンの手記』より（磯崎康太郎訳）
"7. April", "8. April" in: Durs Grünbein: *Das erste Jahr. Berliner Aufzeichnungen*. Frankfurt a. M. (Suhrkamp) 2001, S. 35–42

想起――ドレスデン

火山と詩（安川晴基訳）
"Vulkan und Gedicht" in: D. G. : *Galilei vermißt Dantes Hölle und bleibt an den Maßen hängen. Aufsätze 1989–1995*. Frankfurt a. M. (Suhrkamp) 1996, S. 34–39
雨の降り果てたヨーロッパ（縄田雄二訳）
"Europa nach dem letzten Regen" in: D. G.: *Nach den Satiren. Gedichte*. Frankfurt a. M. (Suhrkamp) 1999, S. 143–153

家族と戦争

「歓喜の頌歌」（縄田雄二訳）
"〈Ode an die Freude〉" in: D. G.: *Koloss im Nebel. Gedichte*. Berlin (Suhrkamp) 2012, S. 146f.
鶉《ヴァハテル》（縄田雄二訳）
"Die Wachtel" in: D. G.: *Strophen für übermorgen. Gedichte*. Frankfurt a. M. (Suhrkamp) 2007, S. 29f.

記憶の詩学

わがバベルの脳（磯崎康太郎訳）

“Mein babylonisches Hirn” in: D. G.: *Galilei vermißt Dantes Hölle und bleibt an den Maßen hängen*, a.a.O., S. 18-33

忘却——ロサンゼルス

忘却の首都から——ある日焼けサロンの手記（安川晴基訳）

“Aus der Hauptstadt des Vergessens. Aufzeichnungen aus einem Solarium” in: D. G.: *Antike Dispositionen. Aufsätze*. Frankfurt a. M.（Suhrkamp）2005, S. 307-317

忘却の首都からの便り（縄田雄二訳）

“Grüße aus der Hauptstadt des Vergessens” in: D. G.: *Nach den Satiren*, a.a.O., S. 123-132

時を隔てて——ローマ

トラヤヌス帝市場の裏にて（縄田雄二訳）

“Hinter den Märkten des Trajan” in: D. G.: *Aroma. Ein römisches Zeichenbuch*. Berlin（Suhrkamp）2010, S. 151

セネカに宛てて——P. S.（縄田雄二訳）

“An Seneca. Postskriptum” in: D. G.: *Der Misantrop auf Capri. Historien/Gedichte*. Frankfurt a. M.（Suhrkamp）2005, S. 86-92

著者略歴

ドゥルス・グリューンバイン（Durs Grünbein）

現代ドイツを代表する作家のひとり。1962年東ドイツ時代のドレスデンに生まれ育つ。壁崩壊の以前から以後までベルリンの東側に長く住んだのち、近年は活動の拠点をローマにも置く。ドイツ語作家にとっての最高の名誉ビューヒナー賞を1995年に異例の若さで受賞。1997年夏ロサンゼルスの「ヴィラ・オーロラ」に招待作家として住むなど、海外への招聘も多い。*Lob des Taifuns*（縄田雄二の日本語訳を添えたドイツ語俳句集）など詩集多数。

訳者略歴

縄田雄二（なわた・ゆうじ）

1964年生まれ。東京大学にて独文学を専攻、博士号取得。ベルリン・フンボルト大学にて教授資格取得。著書に *Vergleichende Mediengeschichte*（Fink）、*Kulturwissenschaftliche Komparatistik*（Kadmos）など。現在、中央大学文学部教授。

磯崎康太郎（いそざき・こうたろう）

1973年生まれ。上智大学大学院文学研究科博士後期課程単位取得退学。現在、福井大学国際地域学部准教授。訳書に『ドイツ語新正書法ルールブック』（共訳、郁文堂）、アーダルベルト・シュティフター『シュティフター・コレクション4——書き込みのある樅の木』（松籟社）、アライダ・アスマン『記憶のなかの歴史——個人的経験から公的演出へ』（松籟社）など。

安川春基（やすかわ・はるき）

1973年生まれ。慶應義塾大学大学院文学研究科独文学専攻後期博士課程単位取得退学。現在、名古屋大学大学院文学研究科准教授。共著に『虚構の形而上学——「あること」と「ないこと」のあいだで』（中村靖子編、春風社）。訳書にハインツ・シュラッファー『ドイツ文学の短い歴史』（共訳、同学社）、アライダ・アスマン『想起の空間——文化的記憶の形態と変遷』（水声社）。

GOETHE
INSTITUT

Durs Grünbein : "Selected Poems and Prose"
The translation of this work was supported by a grant from the Goethe-Institut which is funded by the German Ministry of Foreign Affairs.

詩《し》と記憶《きおく》　ドゥルス・グリューンバイン詩文集《しぶんしゅう》

著者
ドゥルス・グリューンバイン
編者
縄田雄二
訳者
縄田雄二、磯崎康太郎、安川晴基
発行者
小田久郎
発行所
株式会社思潮社
〒一六二—〇八四二　東京都新宿区市谷砂土原町三—十五
電話〇三（三二六七）八一五三（営業）・八一四一（編集）
印刷
三報社印刷株式会社
製本所
小高製本工業株式会社
発行日
二〇一六年八月二十五日